L'Année du Crime

Histoires vraies

Version originale
L'Année du Crime

6, route de Compois
1222 Vésenaz / Suisse
Tél. 022 / 722 06 46
Fax 022 / 722 06 49
E-mail : dany.goldstein@axions.ch
Droits : Steven Goldstein
E-mail : steven.goldstein@axions.ch
ISBN 2-940-349-07-X

Web : www.scenes-de-crimes.com

Design de la couverture : Séverine Collé

Crédits photos :
© Droits réservés et collection de l'auteur.

Imprimé en Allemagne

Etienne Jallieu

L'Année du Crime

Histoires vraies

Texte original

LES ÉDITIONS SCÈNES DE CRIMES™

«Etienne Jallieu» est un pseudonyme commun à
Stéphane Bourgoin et **Isabelle Longuet.**

Des mêmes auteurs:

Stéphane Bourgoin:
Série B, avec Pascal Mérigeau, Edilig, 1983.
Roger Corman, Filmo, 1983.
Terence Fisher, Filmo, 1984.
Richard Fleischer, Filmo, 1986.
Fredric Brown, Le rêveur lunatique, Encrage, 1988.
Jack L'Eventreur, Fleuve Noir, 1992.
Serial killers – Enquête sur les tueurs en série, Grasset, 1993.
L'almanach du crime et des faits divers, Méréal, 1997.
L'Etrangleur de Boston, Fleuve Noir, 1993 et Méréal, 1998.
Femmes tueuses, Fleuve Noir, 1994.
Le Cannibale de Milwaukee, Fleuve Noir, 1993 et Méréal, 1999.
Le livre rouge de Jack l'Eventreur, Grasset, 1998.
Le vampire de Düsseldorf, Méréal, 1998.
L'ogre de Santa Cruz, Méréal, 1998.
Le monstre de Rochester, Méréal, 1999.
La main de la mort – Henry Lee Lucas et Ottis Toole, Méréal, 1999.
100 ans de serial killers, Méréal, 1999.
Stéphane Bourgoin présente 12 Serial killers, Manitoba / Les Belles Lettres, 2000.
Le nouvel almanach du crime et des faits divers, e / dite, 2001.
13 nouveaux serial killers, Manitoba / Les Belles Lettres, 2001.
Micki Pistorius, une femme sur la trace des serial killers, Editions 1, 2001.
Les serial killers sont parmi nous, Albin Michel, 2003.
Serial killers – Enquête sur les tueurs en série, (Nouvelle Edition revue et augmentée), Grasset, 2003.
Le livre noir des serial killers, Grasset, 2004.

Etienne Jallieu:
Crimes Cannibales, Scènes de crimes, 2004.
Serial killers – Les nouveaux monstres, Scènes de crimes, 2005.

Isabelle Longuet:
«L'Irréductible histoire de H.H.» in 13 nouveaux Serial killers, Manitoba / Les Belles Lettres, 2001.

Pour un suivi quotidien de l'actualité mondiale des faits divers et de la criminologie, ainsi que des nouveautés des Editions Scènes de Crimes, connectez-vous au site:

www.au-troisieme-œil.com

Sommaire

Janvier

1er janvier

Le serial killer qui n'en était pas un

Joseph Weldon Brown, 47 ans, condamné en 2000 pour avoir assassiné sa petite amie, Ginger Gasaway, et démembré son corps avant de se débarrasser des morceaux en les éparpillant un peu partout autour d'Evansville (Etats-Unis), a écrit plusieurs lettres à quatre journalistes du *Evansville Courier* et au procureur du Comté de Vanderburgh, Stan Levco, pour leur annoncer qu'il avait tué 13 autres femmes entre 1995 et 2000. Il souhaite «faire ce qu'il faut» pour soulager sa conscience.

L'enquête de deux mois menée par les forces de police n'a rien donné. «Nous avons épluché son emploi du temps pendant ces 5 années», explique l'inspecteur Tony Mayhew. «Nous sommes allés voir ses employeurs et nous avons vérifié ses moindres déplacements. Il affirme qu'il était à tel endroit à telle date, et nous découvrons qu'il se trouvait en fait à Evansville. Une autre fois, il était en prison à Warrick au moment où il aurait tué une jeune femme.»

Lorsque les policiers démarrent leur enquête en septembre 2003, les lettres de Brown sont très convaincantes mais, plus ils discutent avec lui et plus son récit s'effiloche. Il prétend avoir caché les permis de conduire de ses victimes dans un pneu, ce qui est faux. Il se sert de faits avérés, comme l'assassinat d'Andrea Hendricks-Steinert, retrouvée le 29 octobre 1997, pour tisser ses mensonges: «Elle a été découverte complètement nue et nous lui avons demandé si son slip était baissé au niveau des chevilles. Il s'est exclamé: «Oh, oui, c'est ça, s'il l'avait vraiment tuée, il aurait dû dire qu'elle était entièrement déshabillée», ajoute Mayhew dans un entretien publié le 1er janvier 2004 par l'*Evansville Courrier*.

Malgré toutes ces vérifications qui n'aboutissent pas, Joe Brown maintient ses déclarations depuis la prison où il est enfermé.

1er janvier

Le routier assassin est très certainement un tueur en série

Le mystère qui entoure la personnalité de Ralph Benson ne s'est pas terminé avec sa condamnation pour le meurtre et le démembrement de Roger Erdman, un fonctionnaire de l'Etat de Washington. «Nous pensons qu'il existe une forte probabilité pour qu'il y ait d'autres victimes», explique l'inspecteur Ken Wade de la police d'Etat de Spokane lors d'une conférence presse le 1er janvier 2004. «Le démembrement de la victime est très précis et méthodique. On reconnaît la ‹patte› d'un professionnel qui n'en est pas à son coup d'essai. Pour le moment, nous ne possédons pas d'éléments précis.» Benson est routier, il voyage beaucoup et a toujours vécu en solitaire, dans des endroits isolés.

Les enquêteurs sont en train de retracer tous ses itinéraires sur une période d'une trentaine d'années.

Ralph Benson, 64 ans, a été condamné le 13 novembre 2003 à 32 ans de prison pour le meurtre de Roger Erdman qui s'était rendu au domicile de l'assassin à Davenport, dans le Comté de Lincoln, le 12 juin 2002, afin de vérifier la comptabilité du routier qui s'était récemment déclaré en faillite.

Benson vit seul dans un silo à missile nucléaire sombre et humide. Lorsque Erdman ne regagne pas son poste de travail, les policiers, munis d'un mandat de perquisition, fouillent les lieux pour découvrir des traces de sang, la balle qui l'a tué et 320 autres indices.

Ils sont particulièrement intéressés par la disparition du routier John Warren Deetz, 38 ans, aperçu pour la dernière fois le 30 décembre 1988 au volant de son camion sur une aire de repos de la vallée de Spokane. Cette nuit-là, Deetz téléphone à sa femme pour lui dire qu'il va bientôt rentrer et qu'il part se coucher dans la cabine.

Ralph Benson

On ne le revoit plus jamais. Le camion volé est retrouvé trois ans plus tard sur une propriété appartenant à Benson.

En janvier 1991, les policiers fouillent le silo et y découvrent trois véhicules volés et deux autres dont les plaques d'immatriculation ont été maquillées. Ils trouvent la plaque du camion de Deetz immatriculé au Nevada.

Mais, sans autres preuves, les enquêteurs n'ont pas pu poursuivre Benson pour le meurtre de Deetz ni même le vol de son véhicule.

2 janvier

Cinq ans de prison pour un vol commis en rêve

Un Sud-Africain qui a passé cinq années derrière les barreaux a été libéré après que la Cour d'appel de Pretoria eut estimé «choquante» sa condamnation sur la base d'un témoignage l'identifiant comme l'auteur d'un vol de voiture... en rêve. En première instance, le témoin du vol explique ne pas avoir vu le visage des voleurs, mais dit avoir reconnu l'accusé dans un songe, la nuit précédant son témoignage devant le tribunal.

«Cette condamnation est tellement ridicule qu'il n'est même pas nécessaire d'en discuter davantage», a estimé la Cour d'appel.

4 janvier

A Birmingham, deux pédophiles tués par des cyberjusticiers

Le 4 janvier 2004, la police annonce que des «justiciers» se servent d'un site Internet pour divulguer les coordonnées de pédophiles du Midland (Angleterre) et encouragent les visiteurs à les traquer. Des dizaines de forums indiquent les adresses précises, les numéros de téléphone ou lieux de travail de présumés pédophiles.

La police du Midland pense que cette délation est directement à l'origine de deux meurtres récents. En novembre 2003, Zachari Ebanks, un petit dealer de 26 ans, est retrouvé affalé sur son vélo à Birmingham. Il a reçu de nombreux coups de couteau. Il a été accusé et cité sur plusieurs forums comme ayant eu des relations sexuelles avec une fillette de 12 ans.

En décembre, c'est au tour d'un pédophile condamné, Arnold Hartley, 73 ans, d'être tué à son domicile de Cleveland par un homme de 41 ans qui a été arrêté.

Certains des messages postés sur le Web indiquent :

«Avez-vous vérifié l'adresse d'untel à ...?»; «Téléphonez à tel numéro pour voir si untel répond... Si c'est occupé, untel est sûrement sur Internet»; «Je voudrais être sûr qu'untel habite bien à cette adresse pour la donner aux journaux et sur des forums de discussion»; «Untel est un sado qui vit à..., Birmingham. Il a dû quitter l'Ecosse pour des saloperies avec des enfants. Il faut lui apprendre les bonnes manières»; «Untel a violé deux fillettes au Pakistan. On peut le retrouver à sa boutique de..., à Birmingham.»

Outre les actes de violences qui pourraient être commis, la police craint que cela pousse les pédophiles concernés à déménager clandestinement et donc de perdre leur trace.

5 janvier

«Elvis le cannibale» du Mozambique

Le 5 septembre 2003, la police a dû tirer des coups de feu en l'air pour disperser une foule hostile devant la Cour de justice d'Esikhawini (Afrique du Sud) lors de la première apparition d'Elvis Mashaba Mathenjwa, un Mozambicain d'environ 30 ans, arrêté trois jours plus tôt après que les restes humains d'une femme eurent été découverts près d'un fait-tout rempli de parties de corps.

La victime avait disparu le 30 août; son mari a signalé son absence aux autorités.

Pendant les deux semaines précédentes, les restes dépecés de deux autres femmes ont été trouvés dans le voisinage et plusieurs témoins affirment avoir aperçu Elvis quitter précipitamment les lieux.

Mathenjwa s'est installé en Afrique du Sud il y a dix ans environ, après avoir quitté le Mozambique.

Une deuxième apparition devant la même cour le 11 septembre 2003 s'est soldée par des émeutes encore plus violentes que la première fois: «Elvis le cannibale» doit fuir dans une voiture blindée de la police.

La troisième tentative, le 5 janvier 2004, est la bonne. Son apparition devant le juge Nombuso Maphanga a duré moins de dix minutes, le temps qu'Elvis se voit notifier un examen psychiatrique avant son procès.

Le 22 septembre 2004, Elvis est admis d'urgence à l'hôpital pour des soins intensifs. Cinq jours plus tard, par une curieuse ironie du destin, «Elvis le cannibale» décède d'une gastro-entérite.

7 janvier

Un trio d'assassins, dont le plus âgé a 9 ans, maquille un meurtre en accident

Un garçon de 8 ans est mort assassiné au mois de décembre 2003 et ses trois assassins ont confessé, le 7 janvier, le crime qui a été intelligemment déguisé en accident, au point de tromper les enquêteurs.

Les assassins ont respectivement 7, 8 et 9 ans.

Isaac *Kleinkid* Miggels, 8 ans, de Blackheath, dans la province du Cap (Afrique du Sud), passe les vacances de Noël en compagnie de sa grand-mère à Faure lorsqu'il fait la connaissance de trois enfants d'employés agricoles. Le 6 décembre, il se dispute avec eux et les choses s'enveniment: il est frappé à l'aide d'une planche et de coups de pieds au visage et à la gorge. Lorsqu'il s'effondre à terre, Isaac est achevé d'un coup de pierre à la tête. Les trois agresseurs décident d'emporter Isaac sur un bateau ancré au barrage de la propriété. L'esquif est volontairement retourné pour faire croire à une noyade.

Les autorités locales concluent à un accident.

Quatre jours plus tard, un des tueurs parle à ses parents de la dispute et ceux-ci décident de téléphoner à la famille Miggels, à Blackheath. Une seconde autopsie révèle la vérité: bien qu'inconscient, Isaac est toujours vivant lorsqu'il est balancé dans l'eau.

Une enquête pour meurtre est ouverte mais, étant donné l'âge des agresseurs, il est peu probable qu'ils soient emprisonnés un jour.

8 janvier

Un tueur en série australien demande à changer de sexe

Le 8 janvier, le serial killer australien Paul Charles Denyer, 31 ans, connu pour sa haine envers les femmes – il en a tué au moins trois – exige du ministère de la Justice qu'il endosse le coût d'une opération chirurgicale. Son but? Changer de sexe afin de lui permettre de purger le reste de sa peine en tant que femme.

En 2003, Denyer a demandé aux autorités de la prison de Barwon de l'autoriser à porter du maquillage, ce qui lui a été refusé. Derrière les barreaux, il se fait appeler *Paula* et signe parfois des photos du nom de *Miss Tickle Morticia*. A l'atelier où il travaille, le serial killer s'est cousu des vêtements à l'allure plus féminine. D'après Jayne, une transsexuelle libérée du même établissement début juin 2004, «Denyer n'est pas sincère. Il cherche à attirer l'attention sur lui. Il a d'abord fait du bodybuilding avant de se convertir au christianisme puis d'embrasser la religion islamique».

Le parcours criminel de Paul Denyer

Le 11 juillet 1993, Elizabeth Stephen disparaît en rentrant chez elle, à Frankston, une banlieue de Melbourne (Australie). On la retrouve assassinée le lendemain. Elle a la gorge tranchée, avec d'étranges marques croisées gravées au couteau sur la poitrine.

Quelques jours plus tard, Debbie Fream ne donne plus signe de vie lorsqu'elle s'absente pour acheter du lait pour son bébé de 12 jours. Quatre jours plus tard, son cadavre mutilé est retrouvé par la police de l'Etat de Victoria.

Trois semaines plus tard, le tueur frappe à nouveau. Mais, cette fois-ci, il a commis plusieurs erreurs qui vont lui être fatales. Un témoin aperçoit une Toyota Corona jaune dont le conducteur a un comportement suspect et il a le temps de noter quelques éléments de la plaque d'immatriculation. Sur le cou de sa victime, les enquêteurs prélèvent des bouts de peau appartenant aux doigts de l'assassin.

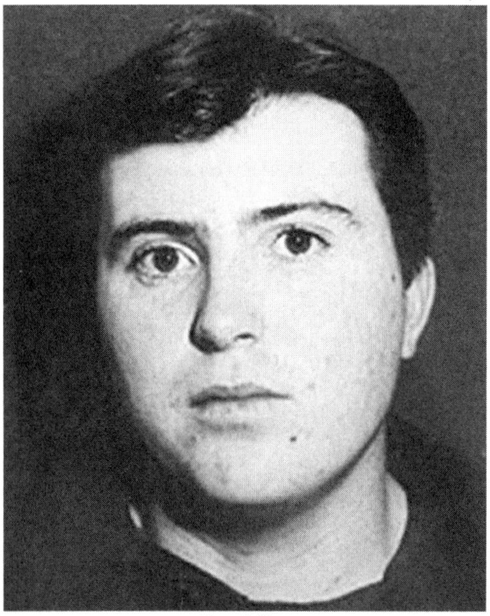

Paul Denyer

Fin juillet 1993, les policiers se rendent au domicile de Paul Denyer qui les accueille en souriant. Le 1er août, au terme de nombreuses heures de garde à vue, il avoue les trois meurtres commis en l'espace de sept semaines, ainsi que de nombreuses autres agressions. Le 20 décembre, il est condamné à trois peines d'emprisonnement à perpétuité assorties une peine incompressible de 30 ans.

«Je hais vraiment les femmes»

Né le 14 avril 1972, Paul Denyer coupe la tête des peluches de sa sœur dès son plus jeune âge, un acte qu'il répète de nombreuses fois sur les chats du voisinage, avant de les pendre à des arbres. A 13 ans, il est arrêté pour un vol de voiture. Deux ans plus tard, il force des garçons à se masturber en public. A l'âge de 20 ans, il souhaite s'engager dans la police, mais sa candidature est rejetée en raison de son excès de poids qui lui vaut le surnom de *John Candy* (en référence à l'acteur comique américain au fort embonpoint).

Paul Denyer, le serial killer australien habillé en femme durant son incarcération.

Fan de films d'horreur, il visionne sans arrêt *Le beau-père* de Joseph Ruben et le *Halloween* de John Carpenter: «J'ai toujours voulu tuer, j'ai simplement attendu le bon moment, qu'un déclic se produise en moi.»

Lors de ses aveux aux policiers, il n'exprime aucun remords et décrit calmement ses meurtres: «A Lloyd Park, j'ai marché un peu pour me cacher dans les buissons. Je me suis assis et j'ai attendu quelque temps. Je l'ai vue. Je l'ai obligée à marcher vers une dune, non loin de là. J'avais mon arme sur sa nuque. Une fois arrivés de l'autre côté de la dune, elle m'a demandé si elle pouvait, vous savez... aller aux toilettes. J'ai respecté son intimité. Je me suis donc retourné le temps qu'elle fasse son truc. Ensuite, je l'ai emmenée un peu plus loin, là où vous l'avez trouvée.

«J'ai commencé à lui serrer le cou et elle est tombée dans les pommes au bout d'un certain temps. Vous savez, l'oxygène lui a manqué et elle a arrêté de se débattre. Après j'ai sorti mon couteau... et je l'ai poignardée à de nombreuses reprises à la gorge. Elle était toujours vivante! Ensuite elle s'est redressée et nous avons fait quelques pas ensemble. J'ai fini par la faire tomber par terre, et je lui ai donné de violents coups de pied à la gorge pour l'achever. Quand elle est morte, je lui ai filé plusieurs coups de tatane un peu partout.»

«Je hais vraiment les femmes.»

9 janvier

On oublie de pendre le condamné à mort pendant sept ans

Aussi incroyable que cela puisse paraître, le gouvernement de l'Etat d'Uttar Pradesh (Inde) et ses treize fonctionnaires affectés au Département de la justice se sont rendu compte, le 9 janvier, qu'ils avaient complètement oublié de pendre un tueur de masse condamné à la peine capitale en 1996.

D'après les lois en vigueur, le condamné ne peut plus être exécuté, car le délai légal a été dépassé.

En 1996, la Cour d'Allabahad a condamné Gurmeet Singh à la peine de mort pour l'assassinat de treize membres de sa famille. Parmi les victimes, on dénombre trois nièces, quatre neveux, deux jeunes frères et leurs épouses, dont l'âge varie de 2 à 60 ans. Le mobile des meurtres est l'héritage de la fortune familiale.

L'accusé n'a jamais fait appel de la sentence et Gurmeet Singh et il a vécu le plus tranquillement du monde dans une cellule de la prison du District de Naini.

9 janvier

Le vampire pédophile et sataniste du Montana condamné à un an de prison

Par l'intermédiaire de son avocat, Mark A. Sprague, 26 ans, a plaidé coupable pour écoper d'une peine d'un an de prison en échange de l'abandon d'un procès. Cette proposition a été acceptée «avec regret», le 9 janvier, par le procureur de la Cour de Great Falls dans le Montana (Etats-Unis).

Sprague est arrêté en octobre 2001 pour avoir abusé sexuellement du fils de 3 ans de sa compagne de l'époque et pour avoir tué un chat en sa présence lors de la nuit d'Halloween. En d'autres occasions, il boit du sang de chat devant l'enfant et il le menace en plaçant un revolver sur sa tempe.

La mère du garçon a refusé de témoigner car elle souffre de dépression et craint les menaces de mort de son ancien ami.

Ces rituels ont été dénoncés par un thérapeute lors de séances avec la jeune victime. Rose Lupfer, la mère de l'accusée, déclare que son fils pense être un vampire et qu'il a pour habitude de boire son propre sang.

En l'absence des témoignages de l'ex-compagne de Sprague et en raison d'un vice de procédure qui ne permet pas de retenir les déclarations du thérapeute, le procureur de Great Falls a été obligé d'accepter cette condamnation minime pour Sprague qui risquait jusqu'à cent ans de prison.

10 janvier

«Twin Peaks» dans une communauté pentecôtiste suédoise: meurtres, sexe et mystères

Tout a commencé le samedi 10 janvier 2004 dans une maison de bois bleu pastel avec la découverte du corps d'Alexandra Fossmo, belle jeune femme de 23 ans, abattue de trois balles de revolver de calibre 38 dans son lit. Son époux, le pasteur Helge Fossmo, 32 ans, un barbu aux cheveux et aux yeux sombres, dormait dans une autre chambre, contiguë. A 3 heures 30 du matin, Alexandra a reçu deux balles dans la tête et une dans le bas-ventre. Son mari prétend ne pas avoir entendu les détonations. Les trois enfants issus de son premier mariage n'auraient rien entendu non plus. La même nuit, peu de temps après ce meurtre pour le moins discret, Fossmo est réveillé par... la sonnerie de son téléphone portable: on l'avertit d'une tentative de meurtre qui vient d'être commise sur la personne de Daniel Linde, 31 ans, vivant à une cinquantaine de mètres de chez lui. Son voisin est grièvement blessé; il a reçu deux balles – de calibre 38 – dont une dans le cou qui a failli lui être fatale. C'est madame Linde qui a prévenu le pasteur, juste après avoir téléphoné aux secours.

La nuit est glaciale, la neige monte jusqu'aux mollets, à Knutby, bourgade paisible mais insipide d'un millier d'habitants dont une centaine, pour la plupart âgés de 18 à 35 ans, sont adeptes de l'Eglise libre pentecôtiste Filadelfia. En Suède, les Pentecôtistes comptent 90 000 membres, répartis en quelque 500 paroisses, toutes indépendantes, avec pour point commun une forme exacerbée de puritanisme. Cette Eglise libre a été importée des Etats-Unis, au début du XXe siècle, où 20 % environ de la population suédoise avait émigré à la fin du siècle précédent, à la recherche de travail. En Suède, les Pentecôtistes jugent l'Eglise luthérienne trop éloignée de la Bible. Et à Knutby-la-monotone, qui se situe à 80 kilomètres au nord de Stockholm et dépend administrativement de la municipalité d'Uppsala, on compte pas moins de six pasteurs, dont une femme, pour la petite centaine d'adeptes qui a choisi de s'installer un peu à l'écart des autres villageois. Là, ils vivent en autarcie, suivant en toutes choses les préceptes – les ordres, faudrait-il peut-être dire – de leurs six chefs spirituels. Aucun contrôle extérieur n'est exercé sur la paroisse. Les membres doivent respecter une sobriété absolue; les mariages entre les fidèles sont arrangés par les pasteurs qui leur dictent en outre leurs conduites sexuelles. Certains journalistes n'hésitent pas à parler de «dérives sectaires».

Sarah Svensson

L'auteur présumé des deux agressions est interpellé le lendemain à cent kilomètres de là, chez ses parents où il avait immédiatement fui au volant de sa Volvo 340 bleue. Il s'agit de Sara Svensson, frêle et blonde jeune femme de 26 ans, l'ancienne nourrice de la famille Fossmo pour laquelle elle ne travaillait plus depuis deux mois après trois ans de bons et loyaux services. Elle affirme s'est débarrassée de l'arme en la jetant dans la mer, lorsqu'elle a emprunté le grand Pont de Öland.

L'ancienne nurse passe des aveux complets: jeune femme psychologiquement fragile, elle affirme avoir été guidée par des voix et avoir tué «pour l'amour de Dieu». En novembre 2003, elle a commis une première agression sur Alexandra Fossmo, à coups de marteau (une crise de jalousie), à la suite de quoi elle a quitté son emploi et le village, chassée par la communauté qui voyait en elle une dangereuse pécheresse. Mais elle a continué à communiquer à distance avec le pasteur, jusqu'à la nuit du meurtre.

Sara Svensson est inculpée de meurtre et de tentative de meurtre. Elle prétend avoir agi seule mais, maîtresse de son ex-employeur, il apparaît qu'elle est une femme sous influence. Elle finit par expliquer son geste, au bout d'une semaine: «J'étais un robot programmé pour tuer. Je ne voulais pas tuer Daniel ni la femme de Helge. Ce sont mes amis. Mais je l'ai fait pour leur bien. Le pasteur m'a expliqué que leur heure était venue et que les tuer me rapprocherait de Dieu et leur ouvrirait les portes du Paradis.» Ce discours religieux frénétique, voire fanatique – et à but purement utilitaire – lui était distillé depuis longtemps par SMS et conversations téléphoniques interposés; on en a dénombré quelque 2200. Les enquêteurs décident alors d'arrêter le pasteur. Il est inculpé de complicité et d'incitation au meurtre, pour avoir manipulé la nourrice. On le place en détention à la prison d'Uppsala. Et la femme de Daniel Linde, le voisin blessé, est également mise en examen. Les policiers ont appris qu'elle aussi était devenue la maîtresse du pasteur Fossmo.

Le pasteur Helge Fossmo

Le pasteur est soupçonné d'avoir planifié l'assassinat de sa femme et celui du mari de son amante afin de contourner l'une des règles strictes de sa communauté: l'interdiction de divorcer. Seuls peuvent se remarier les veuves et les veufs.

Helge Fossmo aurait donc simplement voulu changer d'épouse en «téléguidant» ce double meurtre. La police se met alors à fouiller dans son passé... et à rouvrir l'enquête qui avait suivi la mort de sa première épouse, Hélène, retrouvée morte à 27 ans, le 18 décembre 1999, dans sa baignoire, vêtue de sa robe de chambre. Le mari a fait la macabre découverte au petit matin, réveillé par un ami venu lui apporter les clés d'une voiture. Les enquêteurs ont conclu à une mort accidentelle, due à une mauvaise chute. Sa tempe aurait heurté la robinetterie... Mais on a appris après la réouverture de l'enquête qu'elle avait ingéré une très forte de dose de dextropropoxyphène, un médicament antidouleur qui peut engendrer une paralysie du système respiratoire. En fait, il apparaît que la première enquête n'avait pas été correctement menée. Et Helge Fossmo est désormais également soupçonné du meurtre de sa première femme.

Le 9 février, des plongeurs commencent à rechercher l'arme du crime, que Sara Svensson affirme avoir jeté du haut du Pont de Öland qui enjambe la Baltique de Kalmar à l'Ile de Öland. Ils finissent par la retrouver, le 17 février.

L'ex-nourrice est jugée déséquilibrée par les experts psychiatres. Sa dépendance mentale envers le pasteur volage ne fait aucun doute.

Quant à l'épouse du voisin blessé, qui entretenait une relation sexuelle et amoureuse avec le pasteur, elle sera blanchie de l'accusation de complicité de meurtre.

Sara Svensson, elle, continue de protéger le pasteur contre vents et marées. Elle refuse de le mettre en cause, dévorée par la passion pour son «gourou» avec lequel elle a entamé une relation un an après son propre mariage. Le pasteur justifiait cet adultère par son besoin de soigner une étrange maladie.

Parmi les six pasteurs du village figure Åsa Waldau, la sœur aînée de la seconde femme du pasteur, qui s'est autoproclamée «Fiancée du Christ», *Kristi Brud,* dont elle prétend être l'incarnation humaine. Une femme énigmatique, charismatique et autoritaire, qui a intimé à sa sœur l'ordre d'épouser Helge Fossmo. C'est elle qui avait repris en main, au milieu des années 90, la communauté alors vacillante dans le but de la transformer en une «élite de Dieu». Le pasteur Fossmo, lui, a contribué à fanatiser et à endurcir la communauté. Et pour parvenir à ses fins personnelles, il n'a pas hésité à hypnotiser la nurse de ses enfants, à en faire son esclave spirituelle.

Les relations entre les membres de cette communauté se sont révélées être un véritable imbroglio, qui a éclaté au grand jour à la faveur d'un fait divers à tiroirs dont l'épilogue était des plus sordides.

Le 18 mai 2004 s'est ouvert le procès de Helge Fossmo, né en Suède de parents norvégiens, benjamin de cinq enfants, décrit comme excessivement gâté et très paresseux, et de Sara Svensson. S'agissant de la mort d'Hélène, première épouse de l'accusé, les experts estiment qu'elle a pu être frappée violemment à la tête, sans pouvoir l'affirmer de façon absolue.

Le 30 juillet, le pasteur sera donc blanchi de cette accusation de meurtre. En revanche, il sera reconnu coupable d'incitation au meurtre de sa seconde épouse et à celui – raté – du mari de l'une de ses maîtresses. Il écopera d'une peine de prison à vie.

Sara Svensson, bien que reconnue coupable du meurtre d'Hélène et de la tentative de meurtre de Daniel, est néanmoins internée dans un établissement psychiatrique car souffrant de troubles mentaux, aux dires des experts. Cette double sentence a clos un feuilleton donc chaque nouvel épisode a connu son lot de rebondissements.

Le «polar de Knutby» a bien sûr fait les choux gras des médias du Royaume, peu habitué à ce genre d'affaire criminelle.

11 janvier

Il poignarde son épouse et s'égorge

Renaat – que tout le monde appelait Ronny – 58 ans, et Josiane, son épouse âgée de 57 ans, vivaient depuis plus de 35 ans dans une petite rue donnant sur l'avenue de l'Exposition, non loin de l'Atomium à Ganshoren, un des arrondissements de Bruxelles. On ne peut pas dire qu'ils y menaient une vie paisible, bien qu'ils avaient pourtant tout pour être heureux, ainsi que l'a souligné leur voisin direct à la presse. «Ils buvaient tous les deux. Ils avaient pourtant de l'argent, des maisons, deux enfants», à savoir deux fils, Mario et Alain. Le couple n'avait jamais eu à travailler: leurs parents étaient riches. Ronny, fils d'un entrepreneur qui avait bâti de nombreuses maisons dans le quartier, avait en particulier hérité de la fortune familiale à la mort de sa mère.

Ronny et Josiane se livraient à de fréquentes scènes de ménage, des scènes violentes, extrêmement bruyantes. Leur voisin peut témoigner de la régularité des disputes, «c'était à qui crierait le plus fort». Jusqu'au dimanche 11 janvier. Ce jour-là, vers 13h 30, lors d'une scène explosive, Ronny a porté trois coups de couteau dans le ventre de Josiane. Alors que cette dernière, grièvement blessée, tentait de s'enfuir, le voisin alerté par les cris a appelé la police. Au même moment, Ronny a décidé d'en finir. Il s'est planté dans la gorge le couteau qu'il venait d'utiliser contre sa femme. On l'a ensuite entendu crier: «Je ne veux pas mourir!» Joignant le geste à la parole, il a ôté le couteau mais, blessé à la carotide, il est décédé sur le coup. Josiane, qui n'était pas encore morte, a succombé à ses blessures durant son transfert à l'hôpital.

«Cela devait arriver», a déclaré le voisin à un journaliste accouru sur les lieux trois heures après le drame. «A travers le mur j'entendais toutes les disputes. Et puis, cela s'arrêtait : ils partaient boire. A leur retour, la dispute était oubliée. Jusqu'à la suivante.» On ignore toujours sur quel sujet portait la dernière qui les a opposés, pendant l'heure du déjeuner. Elle leur fut fatale à tous deux.

11 janvier

Un violeur castré condamné à perpétuité pour un meurtre

Wayne DuMond, un violeur libéré sur parole, est condamné à la prison à perpétuité pour le meurtre par étouffement, le 20 septembre 2000, de Carol Ann Shields, une mère de famille de 39 ans, dont il était l'amant. Son corps dénudé est découvert sur un lit. DuMond est arrêté en juin 2001 lorsque son ADN est relié aux fragments de peau retrouvés sous les ongles de la victime.

En 1985, DuMond est déjà condamné à la prison à vie pour le viol d'un adolescent commis l'année précédente.

En attente de son procès, Wayne DuMond est castré par des inconnus à son domicile de l'Arkansas.

Wayne DuMond

En 1992, le gouverneur de l'Arkansas commue sa peine en 39 ans et 6 mois, ce qui rend possible une libération conditionnelle. En prison, il épouse une femme du Missouri qui vient lui rendre visite et, en août 2000, DuMont s'installe à Liberty (Missouri), à moins de 15 km de l'endroit où il tue Carol Shields.

Après la castration de DuMond, un shérif de l'Arkansas avait pour habitude de présenter les organes coupés du violeur dans un bocal de verre qu'il exhibait fièrement à ses visiteurs.

13 janvier

Le serial killer Harold Shipman se pend en prison

«Le médecin britannique Harold Shipman, l'un des pires tueurs en série de l'Histoire, a été retrouvé pendu mardi matin dans sa cellule de la prison de Wakefield (nord de l'Angleterre)», a annoncé un responsable des services pénitentiaires britanniques.

Le Dr Shipman, 57 ans, soupçonné d'avoir tué au moins 215 de ses patients, a été condamné à la prison à vie en janvier 2000 pour le meurtre de 15 personnes entre 1975 et 1998.

Un premier rapport, publié en juillet 2002, a révélé que ce médecin de famille installé à Hyde, près de Manchester, avait tué au moins 215 de ses patients et les autorités policières laissent entendre que le chiffre pourrait même atteindre les 260 victimes.

Une personnalité énigmatique

Un seul homme peut se targuer d'avoir eu un bref aperçu de la personnalité d'Harold Shipman. Le docteur Richard Babcock est présent au commissariat d'Ashton-under-Lyne lorsque Shipman est interrogé par les policiers à la suite de son arrestation. A un moment donné, Shipman demande à faire une pause et il s'effondre en larmes sur le sol devant son avocat, Ann Ball. Pendant ce temps, Babcock, psychiatre au *Rampton Special Hospital,* établit un dialogue qui lui permet de diagnostiquer le serial killer comme un «nécrophile de type classique»: il n'est pas obsédé par l'idée de faire l'amour avec des cadavres, mais par la pensée d'infliger la mort, de contrôler et d'observer l'instant où la vie abandonne le corps.

Le psychiatre pense que la carrière criminelle de Shipman a pu être influencée par l'agonie de sa mère qui meurt du cancer lorsqu'il a 17 ans. A cet âge, Shipman éprouve des difficultés à entretenir des relations interpersonnelles, ce qui a peut-être contribué à créer l'état d'esprit qui l'a poussé à tuer: «Nous avons besoin de former des relations avec d'autres personnes. Si nous ne les avons pas, nous ne progressons pas en tant qu'êtres humains. Chez beaucoup de gens, ce besoin n'existe pas. Très souvent, il y a cette énorme peur de devenir vulnérable. En dominant les victimes, on a l'impression d'annihiler cette vulnérabilité. Par contre, tout ce que vous obtenez comme résultat est une simple gratification personnelle.»

L'arrogance de Shipman et sa fascination pour les ordinateurs sont des manifestations de ce besoin de contrôle, qu'il s'agisse de personnes ou de machines, explique le docteur Babcock. Au fond de lui-même, Shipman n'est qu'une coquille vide qui doit se réinventer pour le monde extérieur. Tôt ou tard, ceux qui sont obsédés par le contrôle doivent l'exercer pour forcer les autres à faire des choses qu'ils n'ont pas envie de faire. Une forme de sadisme prend alors le dessus.

«Ils vont humilier des victimes, les manipuler et même parfois les torturer parce que c'est le seul moyen qu'ils ont d'exercer ce contrôle. Et si vous allez jusqu'au bout, la seule chose qu'ils vont pouvoir contrôler est leur propre destruction. Au fur et à mesure, ils découvrent qu'ils maîtrisent de moins en moins la situation.»

Pour le docteur Babcock, Shipman n'apprécie certainement pas les relations sexuelles «trop sales et difficiles, un acte à éviter parce qu'il ne peut pas les contrôler et prouver sa réussite en la matière. Le sexe est un de ces moments où vous perdez tout contrôle. C'est un atout et une attraction pour la plupart des gens, sauf aux yeux d'un sadique. Il est évident que Shipman tirait un énorme plaisir intellectuel de chacun de ses crimes. Cette excitation remplaçait avantageusement le sexe».

Par la suite, le tueur en série ne parlera plus jamais, ni à des psychiatres ni à des policiers.

Les labos du monde entier se disputent le droit de disséquer le cerveau du tueur

Même mort, le docteur Shipman pose encore de sérieux problèmes aux autorités britanniques. Sa veuve, Primrose Shipman, a décidé de se conformer aux souhaits de son défunt mari qui désirait que son corps soit donné à la recherche médicale. Elle a fait part des dernières volontés de son époux lorsqu'elle s'est rendue à la morgue pour identifier son corps.

Mais les autorités souhaitent qu'elle fasse incinérer le cadavre par crainte qu'une tombe n'attire les amateurs de sensations fortes et bouleverse ainsi les familles des victimes.

En Grande-Bretagne, lorsqu'un corps est offert à la science, il est disséqué et les morceaux sont répartis entre des hôpitaux et des écoles de médecine sur tout le territoire. La tête est coupée et on la conserve un certain temps avant de décider de sa destination finale.

Un nombre considérable de laboratoires de recherches du monde entier se disputent déjà le cerveau du tueur en série qui a été prélevé lors de l'autopsie.

La veuve du tueur touche 750 000 euros, les familles de ses victimes 17 000 euros chacune

Le 14 août 2004, la veuve du docteur Harold Shipman a touché le premier versement d'une pension de réversion qui doit se monter à 500 000 £ (soit 750 000 euros). Une clause dans la pension du docteur indique que Primrose Shipman a droit à ce montant si son mari n'atteint pas l'âge de 60 ans, ce qui est le cas. Le docteur Harold Shipman s'est suicidé en janvier 2004 dans sa 58e année.

Ce chiffre est particulièrement frappant lorsqu'on le compare aux 11 460 £ (soit 17 000 euros) accordées en compensation à chacune des familles des victimes du tueur en série. Certaines de ces familles sont toujours dans l'attente du premier versement plus de quatre ans après la condamnation de Shipman.

Pour le président de l'association *Victims of Crime Trust,* Norman Brennan : « Il est absolument sidérant de constater qu'un des tueurs en série les plus prolifiques de l'Histoire va laisser son épouse plus à l'aise que n'importe laquelle des familles de ses victimes. Qui osera dire que le crime ne paie pas ? »

13 janvier

Trente ans de réclusion : il a étranglé sa fille de 16 ans et jeté son corps nu sur l'autoroute

Daniel Lekeuche

Le 26 octobre 1995, un ouvrier d'Electrabel retrouve le cadavre dénudé d'une jeune fille au bas d'un pont enjambant l'autoroute A 16, à hauteur de Péruwelz, non loin de la frontière française entre Mons et Tournai. Il s'agit de Séverine Lekeuche, 16 ans, fille de Daniel Lekeuche, originaire de Valenciennes et alors âgé de 38 ans.

En 1996, le père de la victime devient une figure publique en Belgique, participant à de nombreuses marches blanches dans la région, se joignant aux parents des victimes de Marc Dutroux et réclamant une relance de l'enquête sur la mort de sa fille. Mais les soupçons finissent par converger vers lui. Son comportement est devenu fortement suspect aux yeux des enquêteurs, avec ses atermoiements, ses revirements et ses hésitations.

En juin 1997, l'enquête connaît enfin une accélération : Daniel Lekeuche est placé sous mandat d'arrêt pour un attentat à la pudeur commis sur un enfant de 7 ans. Le quadragénaire est alors cuisiné par les policiers et reconnaît s'est trouvé en présence de sa fille le soir du meurtre, le 16 octobre 1995 – soit dix jours avant la découverte du corps. Inculpé d'homicide, il nie fermement avoir tué Séverine ; il est remis en liberté quatre mois plus tard, faute d'indices nouveaux.

Le coup d'accélérateur définitif est donné le 5 mai 2000 lorsque Lekeuche est soumis au test du polygraphe, ou détecteur de mensonge, par un expert canadien. A chaque question cruciale, ses « réponses physiologiques » le trahissent. Il ment lorsqu'il nie toute implication dans la mort de sa fille, affirme le spécialiste sur la base des variations involontaires du système nerveux enregistrées par les instruments. Le lendemain du test, le suspect avoue.

Mais pour lui il s'agit d'un accident, non d'un homicide. Dans sa version des faits, il a abordé sa fille devant sa maison, à Leuze-en-Hainaut; ils ont marché ensemble sur quelques centaines de mètres et se sont retrouvés près du dépôt désaffecté du service des travaux publics de la ville. A ce moment, une violente dispute a éclaté, Séverine a voulu gifler son père qui lui a bloqué le bras de la main gauche, et lui a serré le cou, très fort, de la main droite. Il lui a brisé un os du cou. Elle s'est affaissée. Constatant son décès, Lekeuche a caché le corps dans de hautes herbes. Quatre jours plus tard, il a décidé de se débarrasser du corps et l'a glissé dans une voiture qu'on lui a prêtée. Arrivé sur un pont de l'autoroute A 16, il a jeté le cadavre dans le vide après l'avoir dénudé.

L'accusé maintient cette version des faits durant cinq mois. Puis, il ne cesse plus de la modifier, parfois à plusieurs reprises au cours d'une même audition. L'enquête est longue et fastidieuse: les policiers vont jusqu'à entendre les inculpés de l'affaire Dutroux en Belgique, ainsi que les frères Jourdain en France, condamnés pour l'enlèvement et le meurtre de quatre jeunes filles, et le viol de trois d'entre elles, en février 1997. Ils enquêtent même sur une revue porno allemande pour laquelle, selon une rumeur, Séverine aurait posé.

Des tuyaux crevés

Par ailleurs, les enquêteurs se penchent sur l'entourage pour le moins ahurissant de Séverine – une famille bigrement «recomposée». Daniel Lekeuche a eu trois enfants de sa femme Chantal Rogine qu'il a littéralement partagée pendant neuf ans avec son meilleur ami, lequel s'était installé dans leur maison. En secondes noces, il a épousé Gina Weytsman qui, elle, avait quatre enfants de deux lits différents. Séverine était tiraillée entre deux foyers, celui de sa mère et de son beau-père d'une part, et celui de son père et de Gina d'autre part. Sa belle-mère décrira le taudis où elle vivait avec Lekeuche, constitué d'une seule véritable pièce où une douzaine de personnes (couple, enfants, copains des enfants) prenaient parfois place pour dormir... tandis que son mari, à la libido tyrannique, visionnait des cassettes pornographiques en se masturbant. Il poursuivait Gina de ses ardeurs sexuelles en tout lieu et à toute heure. Son épouse rapporte que sa fille le traitait de «gros salaud et d'obsédé».

En avril 2002, Daniel Lekeuche est libéré pour cause de délai raisonnable dépassé. Il n'est pas innocenté pour autant. Début 2004, il passe en jugement devant la cour d'assises du Hainaut. Les experts ne penchent pas en faveur de la thèse de l'accident. D'une part, l'étreinte fatale a dû avoir lieu vers 16 heures, et non vers 19 heures comme l'a affirmé l'accusé; d'autre part, il a véritablement étranglé sa fille: soit le temps de compression a été plus long

– au moins quinze secondes – que ce qui a été dit, soit la strangulation a eu lieu à l'aide des deux mains, ou d'une seule mais avec un appui. Enfin, il est possible que la mort ait été provoquée après le 16 octobre. Face à ces constatations, Lekeuche n'a trouvé aucune explication convaincante à fournir.

L'avocate générale requiert une peine d'emprisonnement de trente ans à son encontre, soulignant la personnalité instable, «impulsive et déviante de l'accusé, ses mensonges», ses manipulations; «il a jeté sa fille comme un animal dans un fossé» et n'a pas manifesté le moindre remords. Elle rappelle les conclusions des experts: il a véritablement étranglé Séverine et l'a regardée mourir. Elle ne lui accorde aucune circonstance atténuante, jugeant que les faits sont d'une extrême gravité. Lekeuche écarte systématiquement ce qui le dérange, d'où la réquisition de la peine la plus élevée.

De son côté, l'avocat de la défense juge la condamnation demandée excessive. Il fait valoir la «parfaite intégration sociale et professionnelle» de son client depuis sa libération en 2002, son courage et son ardeur au travail, et plaide pour une peine de dix ans maximum.

Finalement, le jury suit la réquisition du ministère public: le 13 janvier 2004, Daniel Lekeuche est condamné à trente ans de réclusion.

14 janvier

Le Freeway Slayer, *tueur de six prostituées, est identifié 10 ans après les faits*

Ivan Hill, 42 ans, actuellement en prison pour un vol à main armée, a été identifié comme étant le *60 Freeway Slayer* des années 90 (le «tueur de l'autoroute 60»), un serial killer de six femmes le long de l'autoroute de Ponoma (Californie). Des tests ADN l'ont formellement lié à cette série de crimes pendant laquelle il aurait étranglé six femmes, pour la plupart des prostituées, en 1993 et 1994, avant de déposer les corps à

Le shérif Lee Baca annonçant, lors d'une conférence de presse, l'identification du Freeway Slaye *Ivan Hill.*

Chino, Ontario, Pomona et Diamond Bar and Industry. Hill, qui a passé plus de la moitié de son existence derrière les barreaux, a plaidé non coupable pour les meurtres de Roxanne Bates, 31 ans, Helen Ruth Hill, 36 ans, Donna L. Goldsmith, 35 ans, Cheryl Sayers, 34 ans, Betty Sue Harris, 37 ans, et de Debra Denise Brown, 33 ans.

D'autres analyses ADN sont en cours et leurs résultats entraîneront peut-être de nouvelles inculpations pour le *Freeway Slayer*.

16 janvier

Graham Coutts, *portrait d'un tueur nécrophile*

Graham Coutts

Graham Coutts, un musicien et vendeur à mi-temps de 35 ans, est tellement obsédé par ses penchants nécrophiles qu'il a caché le cadavre d'une femme pendant cinq semaines, avant de tenter d'y mettre le feu.

Jane Longhurst, 31 ans, professeur de musique à Brighton (Angleterre), a été étranglée avec ses propres bas par Coutts ; ce dernier garde le corps dans un box qu'il a loué. Des caméras de surveillance montrent Coutts qui emporte un énorme carton et se rend à neuf reprises dans l'unité de rangement, très certainement pour y profaner le corps de sa victime.

Le 14 mars 2003, elle disparaît de l'appartement qu'elle partage avec son compagnon, Malcolm Sentance. Violoniste, elle vit avec lui depuis deux ans. Ce jour-là, elle téléphone à une collègue, Lisa Stephens, qui est enceinte de Graham Coutts, pour prendre de ses nouvelles. Cette dernière est absente et c'est Graham Coutts qui prend la communication. On ne revoit plus jamais Jane Longhurst après ce coup de fil.

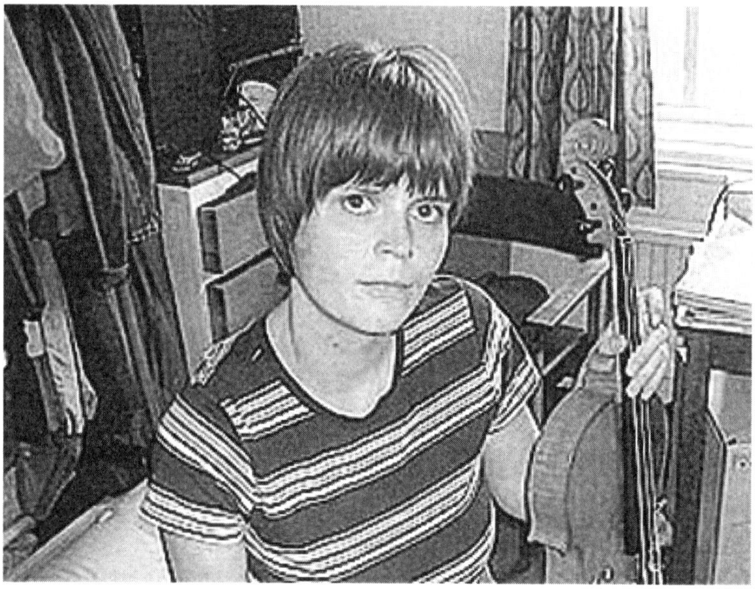

Un portrait de Jane Longhurst, victime du nécrophile Graham Coutts.

Coutts l'aurait étranglée pour ensuite cacher son cadavre dans un endroit secret, avant de louer un box onze jours plus tard sous l'identité de « Paul Kelly » à la *Yellow Storage Company*. Les employés de la compagnie remarquent une odeur très forte qui émane de l'unité de stockage et ils préviennent « Paul Kelly » qui déplace le corps jusqu'à un champ, près de Pulborough, où il tente de le brûler, le 19 avril. Un automobiliste remarque des flammes dans les bois et prévient la police qui parvient à identifier le corps grâce à ses empreintes dentaires.

Graham Coutts loue l'emplacement où il va stocker le corps.

Lors de l'enquête qui s'ensuit, la police découvre que Coutts est un habitué de sites spécialisés dans la nécrophilie et la strangulation et qu'il a téléchargé plus de 800 images pornographiques.

Dans le box, les enquêteurs trouvent les vêtements de Jane Longhurst, son sac, son portable et d'autres objets personnels.

Pendant le procès, deux des ex-compagnes de Coutts, Nicola Stainhorpe et Sandra Gates, témoignent de la fascination de leur amant pour la strangulation pendant qu'elles font l'amour avec lui. Parfois, il leur serre tellement le cou qu'elles s'évanouissent. A plusieurs reprises, Coutts leur demande de « faire la morte ». Lorsqu'il parle de sa relation avec Sandra Gates entre 1989 et 1996, Coutts reconnaît des actes de bondage. Quant à une autre petite amie, Nicola Stainthorpe, il indique qu'il l'a asphyxiée une centaine de fois environ pour obtenir des orgasmes plus violents. Il surfe sur des sites consacrés à la nécrophilie et l'auto-érotisme par asphyxie depuis 8 ans environ.

Graham Coutts déplace le corps de Jane Longhurst

Le nécrophile a reconnu être un fétichiste: «Je suppose qu'on peut qualifier ça de fétichisme. J'ai une très forte attirance pour le cou des femmes. Cela doit faire 20 ans que je m'en suis rendu compte, je devais avoir 15 ans. J'ignore pourquoi. Le cou est une partie sexuelle du corps de la femme, une zone érogène qui est encore amplifiée par les colliers ou le parfum. C'est la partie du corps qui sert au flirt.»

Après la condamnation à perpétuité de Graham Coutts, la mère de Jane Longhurst a mené une campagne nationale pour tenter de faire interdire les sites pornographiques les plus violents de la Toile. D'ici à la fin 2005, la Grande-Bretagne prévoit de faire voter une loi au Parlement.

16 janvier

Manchester: une mère tue sa fille de 52 coups de couteau

Une mère de famille de 23 ans a poignardé à 52 reprises sa fille de 5 ans dans ce qui semble être un meurtre rituel.

Aisling Murray et sa fille Chloe

Devant la Cour de justice de Manchester, Aisling Murray a été condamnée à une peine de perpétuité qu'elle doit purger dans un établissement psychiatrique.

Dans la chambre de son enfant, elle a enlevé tous les meubles et éléments de décoration, allant même jusqu'à arracher le papier peint pour ne laisser que le lit, tel un autel, avant d'attaquer Chloe avec un couteau de cuisine à 4 heures du matin. Des voisins qui ont entendu les supplications de l'enfant ont prévenu la police mais il est déjà trop tard. Tous les murs sont couverts de sang et la mère est restée de longues heures prostrée dans un état catatonique.

Un mois avant le meurtre, Murray avait été libérée d'un hôpital psychiatrique où les médecins estimaient qu'elle ne présentait «aucun risque».

Le soir précédent le crime, elle est arrêtée par la police après une crise de violence au cours de laquelle elle se blesse. Lors de son enfance, Aisling Murray a été victime d'abus sexuels et elle a été internée à plusieurs reprises dans divers établissements psychiatriques.

17 janvier

A Vancouver, un sadique sexuel fait 60 victimes

Donald Michel Bakker, le pédophile agresseur de femmes à Vancouver.

Même les vétérans les plus endurcis de la police de Vancouver sont stupéfaits par le degré de violence et de sadisme manifestés par Donald Michel Bakker, 41 ans, à l'encontre d'au moins 51 prostituées et 9 enfants de pays étrangers. La plupart de ces agressions se sont déroulées entre le 17 janvier et le 2 décembre 2004.

L'affaire se déclenche lorsqu'un passant donne l'alarme en entendant des hurlements de femme dans le parc de Crab. Il est environ midi ce 2 décembre 2004 quand une voiture de patrouille voit Bakker émerger de buissons en compagnie d'une prostituée en état de détresse. L'individu a un sac de sport à la main qui contient une caméra vidéo. Les images montrent plusieurs prostituées en train d'être torturées et humiliées.

Une fouille de son véhicule et à son domicile permet de trouver des documents et vidéos où plus de 60 personnes différentes se font agresser. On y voit notamment 9 fillettes mineures êtres violentées dans un pays étranger d'Asie du sud-est. Bakker a pour habitude de se rendre souvent en Asie.

Comme instruments de torture, Bakker se sert de fils électriques, pinces métalliques et divers objets coupants. Certains des enregistrements datent de 1998.

Donald Bakker est marié et a un enfant en bas âge ; son épouse s'est déclarée extrêmement choquée par les révélations des horreurs commises par son époux. Il a mené une vie sans histoires d'organisateur de banquets pour un grand hôtel de Vancouver et ne possède aucun casier judiciaire. La police n'écarte pas l'hypothèse qu'il ait pu tuer certaines de ses victimes et a fait appel aux services d'Interpol pour tenter d'identifier le pays d'origine des mineures violentées en Asie.

Le 2 juin 2005, Donald Bakker est condamné à 10 ans de prison lors de la première poursuite menée sous l'égide de la nouvelle loi canadienne contre le tourisme sexuel. Il admet avoir abusé sexuellement de sept adolescents entre 7 et 12 ans lors d'un voyage au Cambodge en 2003 et avoir agressé des prostituées à Vancouver. Cette nouvelle loi contre le tourisme sexuel permet de traduire en justice une personne soupçonnée d'agression sexuelle sans avoir reçu de plaintes officielles du pays d'origine des victimes.

18 janvier

Un couple de Toronto garde ses 2 fils adoptifs enfermés dans une cage pendant 13 ans

Un couple canadien de Toronto a plaidé coupable pour maltraitance à l'encontre de ses deux fils adoptifs. Les enfants, âgés de 15 et 14 ans, ont été battus et enfermés dans une cage fabriquée à partir d'un berceau de bébé depuis près de 13 ans.

Lorsque les policiers ont libéré l'aîné des garçons de sa cage pour lui annoncer qu'il ne serait plus jamais maltraité ainsi, la victime a répondu: «Vraiment?»

La fille du couple a témoigné en détail du calvaire de ses deux frères adoptifs qui se rendent à l'école la journée mais qui, dès leur retour à la maison, sont obligés de se dévêtir pour porter des couches. Le week-end, on leur permet quelquefois de quitter leur cage le matin pour avaler un bol de céréales, avant de réintégrer leur prison pour le reste de la journée.

C'est la mère qui constitue l'élément dominant du couple, le père se contentant d'obéir aux ordres et de battre les deux victimes.

19 janvier

L' **Eventreur de Camden** *démembrait des prostituées*

Après avoir été libéré d'un hôpital psychiatrique, les médecins ayant jugé qu'il ne présentait plus aucun danger pour la société, Anthony Hardy, 53 ans, originaire de Camden, tue Sally White, Elizabeth Valad et Bridgette Mac-

Le Camden Ripper *a longtemps vécu en Australie avec son épouse et ses quatre enfants.*

Clennan. Il démembre deux d'entre elles et dépose des morceaux de corps dans une benne à ordures près de chez lui, dans le nord de Londres.

Quelques mois plus tôt, une autre femme est trouvée décédée dans son appartement, mais sa mort est tout d'abord jugée naturelle.

Lors de son procès à l'*Old Bailey Court* qui débute le 19 janvier, Anthony Hardy a plaidé coupable pour les trois meurtres. Les restes de MacClennan, 34 ans, et Valad, 29 ans, ont été retrouvés dans des sacs poubelle le matin du 30 décembre 2002 par un SDF en quête de nourriture. Le corps de White, 31 ans, est découvert en janvier 2002. En fait, les trois prostituées, qui sont des toxicomanes au crack, ont été assassinées dans l'appartement de Hardy.

Pour le procureur, « l'accusé est obsédé par la pornographie et il aime dominer les femmes. Il décide de les tuer afin de les photographier dans diverses positions qu'il affectionne, une fois qu'elles sont mortes étranglées ».

En janvier 2002, Anthony Hardy prépare le corps de Sally White pour la photographier lorsqu'il est interrompu par la police à la suite de la plainte d'un voisin qui s'est violemment disputé avec Hardy. Il est arrêté lorsque les officiers trouvent le cadavre dénudé de la prostituée. Mais un examen post-mortem montre qu'elle est décédée d'une crise cardiaque et Hardy est relâché.

Scène de crime

Il passe quelque temps en observation à l'hôpital de St Luke à Muswell Hill à cause de cette querelle de voisinage, mais on le libère en novembre 2002. Un mois plus tard, Hardy étrangle les deux autres femmes. A son domicile, on retrouve le torse démembré d'Elizabeth Valad.

L'Eventreur de Camden soupçonné de cinq nouveaux meurtres

Après sa condamnation en novembre 2003 à la prison à perpétuité pour l'assassinat de trois prostituées, Anthony Hardy fait l'objet d'une enquête supplémentaire pour cinq meurtres, trois dans les environs de Londres et deux autres dans le Nottinghamshire.

Parmi ces cas figure celui de Paula Fields, une prostituée de 31 ans qui travaille à Stoke Newington et qui a été démembrée; différentes parties de son corps ont été jetées dans le Regent's Canal, à Camden. Elle est aperçue vivante pour la dernière fois le 13 décembre 2000.

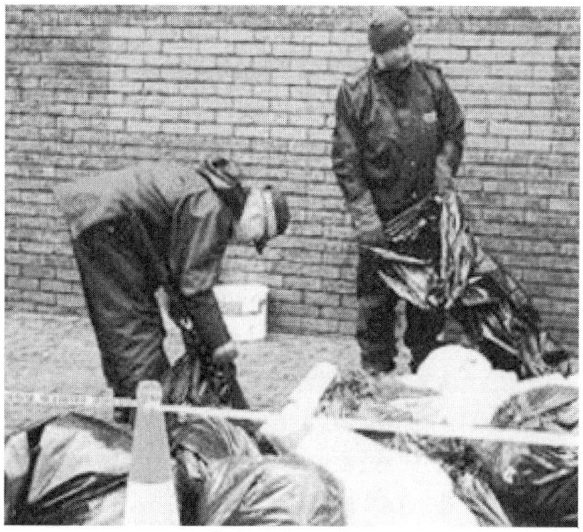

Scène de crime

Zoe Parker, qui est aussi connue sous le nom de Cathy Dennis, est découpée en morceaux qui sont balancés dans la Tamise. Cette prostituée de 24 ans disparaît le 17 décembre 2000, à Hounslow, à l'ouest de Londres.

Pour un des meurtres du Nottinghamshire, la police a déjà un suspect, Philip Stanley, que les enquêteurs vont faire extrader de la République d'Irlande où il est actuellement emprisonné.

Le *Camden Ripper* a longtemps vécu en Australie avec son épouse et ses quatre enfants.

22 janvier

Un père soumet ses enfants à d'abominables sévices

Devant la cour régionale de Brits (Afrique du Sud), un père de famille est jugé pour les terribles abus qu'il a fait subir à ses enfants à Mooinooi, dans le nord-ouest du pays. Un garçon de 9 ans est obligé de porter une pancarte «Je suis un voleur» lorsqu'il prend de la nourriture dans la cuisine. Ses trois frères de 10, 9 et 7 ans, ainsi que leur sœur de 2 ans vivent dans un tel enfermement qu'ils ont une peur terrible en traversant une rue pour la première fois en compagnie de la psychologue qui les a recueillis.

Lors du procès, le docteur Elmarie van Parren raconte que leur calvaire dure depuis de nombreuses années.

Le père les menace souvent de les vendre à un «nègre» et il les frappe régulièrement avec un nerf de bœuf. Les victimes ont des problèmes de concentration, leur langage est frustre et leur développement est en dessous de la moyenne pour des enfants de cet âge. Ils ne se rendent pas à l'école et c'est leur père qui est chargé de leur éducation.

L'aîné décrit son père comme «quelqu'un qui veut les tuer» et qui lui a coupé les parties génitales à coups de fouet. Le garçon de 9 ans affirme que son père a pour habitude de lui uriner dans la bouche et qu'il le menace constamment de lui «couper les couilles».

La mère ne les protège en aucune façon et elle assiste à leurs punitions, comme lorsque son époux frappe un des enfants avec une brique sur la tête. Les époux font l'amour devant les enfants qui sont obligés de participer aux ébats. Parfois, les parents forcent les enfants à des relations sexuelles entre eux.

La mère a confirmé les dires des enfants et elle a témoigné contre son mari lors du procès. Ce dernier fait quelquefois venir ses petites amies à la maison, auquel cas son épouse et les enfants doivent se cacher dans une grotte.

Pour le père, ses enfants sont les «fils d'une pute»; il est allé jusqu'à abattre leur chiot favori devant eux.

22 janvier

Les terribles confessions d'une tueuse de masse de 16 ans en Californie

Monica Diaz

Dix mois avant qu'elle ne tue quatre membres de sa famille, Monica Diaz, 16 ans, écrit une lettre où elle affirme que son but dans l'existence est de devenir une meurtrière de masse. Elle l'adresse à son petit ami, Michael Naranjo, qui a avoué sa participation lors des crimes: «Le meilleur boulot que l'on puisse avoir est de tuer les gens professionnellement. Imagine un peu le nombre de mes victimes si je pouvais vivre jusqu'à l'âge de 800 ans. Hitler a seulement vécu quelques années, mais il en a tué des masses, même s'il l'a fait lâchement. Je veux qu'on se souvienne de moi comme de quelqu'un qui a terrorisé le monde. J'espère faire souffrir mes victimes.»

Le 21 juillet 2000, Monica Diaz poignarde son oncle, Richard Rores, 42 ans, et ses trois enfants, Richard Jr., 14 ans, Sylvia, 13 ans, et Matthew, 10 ans. Elle blesse aussi sérieusement sa tante Sylvia Rores dans leur maison de Pico Rivera (Californie). La police trouve les empreintes de Diaz sur le ruban adhésif qui a servi à bâillonner les victimes, ainsi que sur les trois couteaux qui ont été utilisés pour le massacre.

Naranjo, maintenant âgé de 20 ans, plaide coupable en échange de cinq condamnations à perpétuité. Le 21 avril 2004, Monica Diaz est condamnée à quatre peines de prison à perpétuité sans possibilité de libération conditionnelle. Elle n'a pas exprimé le moindre remords pour ses actes.

24 janvier

Un infirmier de la mort aux 37 victimes dévoile ses secrets

Interrogé pour les besoins d'une émission de télévision, Donald Harvey, surnommé «L'Ange de la mort», a révélé ses méthodes pour commettre des meurtres en toute quiétude. Harvey a reconnu officiellement 37 assassinats lorsqu'il a plaidé coupable, afin d'éviter la peine de mort, mais les autorités estiment qu'il a fait au moins 68 victimes sur une période de 17 ans, dans des hôpitaux de l'Ohio et du Kentucky. Avant d'agir, Harvey étudie avec soin les méthodes de travail de ses collègues. S'il sait qu'un infirmier est souvent en retard, cela lui laisse plus de temps pour «s'occuper de ses affaires», selon les termes qu'il emploie. Caler une chaise contre la porte de la chambre d'un malade lui accorde quelques instants de répit, le cas échéant.

Donald Harvey, l'Ange de la mort

Il cache mieux ses crimes lorsqu'il agit pendant l'heure du déjeuner ou pendant les deuxième et troisième services, quand ses collègues sont moins nombreux. Un employé des pompes funèbres lui donne, par hasard, une idée: les marques sont invisibles sur le visage d'une personne qui a été suffoquée à l'aide d'un sac plastique.

A 52 ans, Harvey affirme: «Si vous décidez de devenir infirmier et que vous cherchez à tuer des patients, alors qui peut vous stopper? Personne.»

Le premier meurtre de Harvey en 1970 arrive un peu par surprise. Un malade grabataire a déféqué dans sa main et lorsque l'infirmier, qui a 18 ans, vient s'occuper de lui, le vieil homme enduit le visage de Harvey avec ses matières fécales. Sous l'emprise de la colère, il réagit instinctivement et étouffe le malade avec un coussin. Il craint de se faire prendre mais une nonne de l'hôpital le remercie d'avoir nettoyé le patient et de l'avoir envoyé «heureux au ciel».

En 1987, lorsqu'il est condamné à Cincinnati, Harvey prévient le reste de l'Amérique: «Il y a d'autres Donald Harvey en activité.»

Fan de films de James Bond et amateur de romans d'Agatha Christie, ce petit homme moustachu, à l'abord sympathique et à l'accent sudiste, affirme avoir voulu, la plupart du temps, le bien de ses malades. Il tue, oui, mais pour soulager la souffrance des patients. Il rationalise ses crimes en indiquant qu'il aide les familles à obtenir de l'argent en compensation des négligences des hôpitaux où il a travaillé, une fois qu'il a reconnu ses assassinats. Mais il admet aussi être présent pour entendre le dernier souffle d'un malade qu'il déteste ; de même, il tente d'inoculer le sérum de l'hépatite et le virus du Sida à une femme qui cherche à casser la relation amoureuse de Harvey.

Pour tuer, il varie les méthodes, mélange les desserts de l'hôpital avec de l'arsenic et de la mort aux rats, verse le sérum de l'hépatite dans du thé glacé, empoisonne des malades avec du liquide nettoyant ou injecte du cyanure dans les tubes gastriques – des moyens extrêmement douloureux pour prolonger l'agonie de ses victimes.

Donald Harvey reconnaît s'être laissé intoxiquer par le pouvoir de vie ou de mort.

« C'est comme de s'installer au volant de votre voiture. Vous pouvez écraser la personne ou l'éviter. C'est la même puissance. D'habitude, on ne le fait pas. Moi, je l'ai fait. »

Harvey a travaillé 17 ans en milieu hospitalier avant de se faire arrêter. Il a été militaire et a suivi un traitement psychiatrique. Il a aussi été renvoyé d'hôpitaux mais l'information n'a jamais suivi.

« Dans les hôpitaux, il y a pas mal d'incompétents et beaucoup de gens surmenés. Il est difficile de tout surveiller. Ils pourraient faire passer des tests de détecteur de mensonges, mais ce n'est pas toujours fiable. Il paraît que les sociopathes passent les tests sans trop de problèmes. Si j'avais su ça, je vous fiche mon billet que je ne serais pas ici à vous parler. Les hôpitaux feraient mieux de s'intéresser à la fréquence des décès dans les différents services. »

Pendant qu'il tue, Donald Harvey tente de se couvrir en assassinant des malades dont d'autres collègues s'occupent, pendant leurs heures de déjeuner ou de repos, et en ayant recours à un sac plastique pour les suffoquer. « Je crois que j'aurais continué à tuer s'il n'y avait pas eu un médecin plus malin que les autres qui a détecté une odeur d'amande grillée sur la victime d'un accident de moto à laquelle j'avais administré du cyanure. J'étudiais les rapports médicaux des patients pour déterminer lesquels tuer. S'il n'y avait plus aucun espoir, ils ne rentraient pas chez eux. Mettons que d'ici un an vous pesiez 60 kilos et que je constatais que c'est fichu pour vous, alors je passe à l'action. » En 1970, lorsqu'il tue pour la première fois le malade de 86 ans qui l'a barbouillé de matières fécales, Harvey récidive deux jours plus tard : « Des collègues se sont trompés. On m'a fait cathétériser par erreur un patient et il a saigné à mort. A nouveau, personne n'a rien dit. Je me suis souvent demandé pourquoi je n'en suis pas resté là, à ces deux morts? Mais une fois embarqué sur les montagnes russes, je ne pouvais plus quitter le cycle infernal.» Avant la fin de l'année, Donald Harvey tue 15 patients.

«J'avais le sentiment de détenir le pouvoir de faire tout ce que je voulais, et cette impression, je l'ai ressentie après le cinquième ou sixième décès. Tout le monde s'en foutait. Est-ce que j'aurais stoppé si l'on ne m'avait pas arrêté? En toute honnêteté, je ne peux pas vous le dire. En tout cas, j'espère que je ne tuerai plus jamais.»

Dans son enfance, Harvey a été violé par un oncle: «Des psychiatres m'ont expliqué que, lorsque j'ai étouffé ma première victime, j'en avais assez d'avoir la tête sous l'eau. J'en avais marre d'être violé et qu'on me dise tout le temps de faire ceci ou cela... à ce moment-là, la digue s'est brisée. Et je suis devenu un prédateur.»

Donald Harvey

Pour certains patients, Donald Harvey agit en justicier: «Je me suis servi du sac plastique sur un violeur. Je voulais qu'il sache qu'il allait mourir. Aussi, j'ai écouté avec le stéthoscope pour entendre son dernier battement de cœur.»

A chacun des crimes, Harvey consigne ses actes dans un journal intime, ce qui a facilité la tâche des enquêteurs. Un malade de 96 ans que Harvey «tente d'aider» le surprend en survivant à une tentative d'empoisonnement. Mais cela ne l'empêche pas de continuer de jouer à Dieu. «J'étais un savant fou», explique Donald Harvey.

Bill Whalen, l'avocat de Donald Harvey, et Stéphane Bourgoin lors d'une interview en prison (Warren Correctional Institution à Lebanon), dans l'Etat de l'Ohio en septembre 2005. (Collection de l'auteur)

30 janvier

Le Cannibale de Rotenburg

Le 3 décembre 2003 s'est ouvert en Allemagne le procès marathon – deux mois d'audience, à raison d'une ou deux journées par semaine – d'un crime sans précédent qui a révulsé le pays et dont le verdict, jugé scandaleusement clément par la population et la classe politique, a soulevé bien des questions.

Début février 2001, deux hommes, Armin Meiwes, un informaticien de 41 ans, et Bernd-Jürgen Brandes, 43 ans, ingénieur Berlinois occupant un poste élevé dans le groupe d'électronique Siemens, font virtuellement connaissance par le biais d'Internet. Tous deux ont fait passer des petites annonces sur des sites d'un type particulier : Meiwes est à la recherche d'un « homme de 18 à 30 ans, bien bâti, pour l'abattage » (il passera en tout plus de 80 annonces du même genre), tandis que Brandes, lui, s'adresse aux « VÉRITABLES cannibales qui ont pris la décision irrévocable de manger pour de bon de la chair humaine. Je m'offre à vous. Je vous propose de consommer mon corps vivant. Pas de la boucherie, mais un dîner ! Alors, celui qui veut VRAIMENT le faire a besoin d'une VRAIE VICTIME ! » Les deux internautes, le futur cannibale et sa « victime volontaire », finissent par prendre rendez-vous après avoir convenu de ce qu'ils feraient une fois ensemble.

Dans la nuit du 9 au 10 mars 2001, dans la vieille demeure familiale et décrépite de 50 pièces où Armin Meiwes vit seul depuis la mort de sa mère, il tranche le pénis de son invité à l'aide d'un couteau de cuisine et ils le consomment ensemble – en fait, il est presque immangeable parce que trop coriace, même une fois poêlé. Fait inouï : l'émasculation et le partage du sexe ont eu lieu à la demande expresse de la victime. Puis, lorsque Brandes s'est en partie vidé de son sang dans une baignoire, Meiwes le hisse sur une table, il l'égorge et le dépèce, toute la scène étant filmée par ses

La victime, Bernd-Jürgen Brandes

Le cannibale, Armin Meiwes

soins. L'enregistrement, d'une durée de 4 heures 30, figurera parmi les principales pièces à conviction lors du procès.

Pour finir, il emballe les 30 kg de chair obtenus dans de petits sacs plastique soigneusement étiquetés qu'il stocke dans son congélateur. Il cuisinera et mangera les deux tiers de cette réserve de « viande » jusqu'à ce qu'il se fasse arrêter, près de deux ans plus tard, à la suite d'une dénonciation par un jeune internaute autrichien qui est tombé par hasard sur des photos du dépeçage de Brandes, que Meiwes avait tirées de son enregistrement vidéo et placées sur le Net.

Entre-temps, le cannibale aura cherché sur Internet d'autres victimes consentantes en vue d'un « abattage », comme il l'indique clairement dans ses petites annonces, à savoir des hommes de préférence jeunes, minces, sympathiques et bien portants. Il aura été en contact avec plus de 200 internautes partageant ses fantasmes. Parmi eux, certains se sont déplacés jusqu'à son domicile pour prendre part à des jeux de rôle sexuels à tendance sadomasochiste, d'autres ont préféré le rencontrer dans un hôtel. Il semble que Meiwes n'ait pas fait d'autre victime que Brandes, mais lorsqu'il a été arrêté, en décembre 2002, il continuait de chercher un autre homme à abattre.

Armin Meiwes, homme courtois, discret et posé, a passé des aveux complets, affirmant regretter son geste. Il a expliqué qu'il avait de tout temps voulu « avoir en lui un ami pour toujours, un ami véritable qui ne le quitterait jamais ». Enfant et adolescent introverti, il a souffert d'une grande solitude à la suite de la séparation de ses parents. Il a subi la domination à outrance exercée par sa mère, dont il était le souffre-douleur. Il n'a jamais eu de véritable petite amie, et a entretenu quelques brèves relations homosexuelles.

Enfant déjà, il nourrissait des fantasmes d'abattage et de dépeçage d'êtres humains. Les premiers fantasmes de consommation de chair sont apparus vers la puberté ; ils se sont renforcés au fil des ans. Devenu adulte, il s'est mis à collectionner par milliers des photos représentant des actes de torture, des cadavres accidentés, en morceaux, ainsi que des films extrêmes, des pornos, des films de guerre, des documentaires sur de dangereux criminels, il aimait également modeler des sexes d'homme en pâte d'amande et en viande hachée, et jouer avec des poupées Barbie qu'il perforait, mutilait, dépeçait et embrochait après les avoir barbouillées de ketchup. Il s'occupait ainsi des nuits entières, tout en donnant à l'extérieur, en particulier dans son village de 30 habitants, l'image d'un homme serviable, discret, sympathique, aimant les enfants et désireux de fonder, à ce qu'il disait, une famille nombreuse.

Quant à Brandes, la « victime volontaire », fils de médecins, il a perdu sa mère à l'âge de 5 ans et semble avoir développé depuis lors des obsessions particulières : il rêve de se faire émasculer et de périr rôti. Bisexuel, il a mené une double vie, entre petites amies officielles et amants prostitués ou non auxquels il demandait de lui mordre le pénis, puis de le lui couper, ce qui les a tous horrifiés. Lorsqu'il s'est rendu chez Meiwes pour l'« abattage », il filait depuis deux ans et demi le parfait amour avec un jeune boulanger qui est tombé de haut lorsqu'il a appris, près de deux ans après la disparition subite et inexpliquée de son compagnon, ce qui s'était passé.

Deux mois avant l'ouverture de son procès, le Cannibale de Rotenburg a envoyé une lettre au père de sa victime dans laquelle il écrivait : « Il vous aimait beaucoup. Je regrette profondément mon acte. Je voulais le manger, pas le tuer. Il voulait être mangé, c'était tellement important pour lui. Si je ne l'avais pas fait, un autre que moi l'aurait fait. Je vous demande pardon. »

Cette affaire, unique dans les annales judiciaires du pays, a posé une question délicate : comment punir un tel acte ? La défense a argué du fait que Meiwes avait « aidé » Brandes à mourir ; il a plaidé « l'homicide sur demande », crime entraînant une peine de prison de 6 mois à 5 ans. Or, les experts et le procureur général ont démontré que l'accusé avait agi par égoïsme, et non par altruisme comme il le prétendait, exploitant les graves troubles de la personnalité dont souffrait sa victime. Il s'est dit convaincu que Brandes était déjà mort par hémorragie lorsqu'il l'a égorgé, alors que sur la vidéo on voit nettement qu'il bouge encore les lèvres et la tête.

Les psychiatres ont jugé que Meiwes était devenu cannibale pour « se rapprocher » des hommes. Sa vie avec sa mère, femme tyrannique, solitaire, a entravé le développement de sa personnalité. Elle l'a infantilisé, et il s'est réfugié dans son monde intérieur. Fétichiser la chair humaine lui aurait permis de survivre. Mais en tuant Brandes, il était lucide et conscient des conséquences pénales de son acte.

Le 30 janvier 2004, Armin Meiwes, qui a été considéré pénalement responsable de ses actes par deux experts psychiatres, est condamné par le tribunal de grande instance de Cassel à une peine de 8 ans et demi de prison pour homicide volontaire ; il est blanchi du chef d'inculpation de « meurtre par plaisir sexuel ». Le parquet, qui avait requis la détention à perpétuité, a fait appel de cette condamnation qu'elle jugeait par trop clémente. Le 22 avril 2005, la cour fédérale de justice a annulé la première condamnation, renvoyant Armin Meiwes devant le tribunal de Francfort. Un nouveau procès en perspective pour le cannibale.

Cette affaire a été traitée en détail dans *Les Crimes cannibales,* d'Etienne Jallieu (Editions Scènes de Crimes).

Février

1er février

Chine : procès d'un serial killer ayant fait 67 victimes

Le procès de Yang Xinhai, 38 ans, se déroule à Luohe, dans la province de Henan. Les débats ne sont pas publics car le serial killer aux 67 victimes a aussi violé 23 femmes dont certaines vont témoigner à la barre. Les premiers meurtres ont commencé en 2000, après une déception sentimentale, et il est arrêté en novembre 2003.

Cet individu de petite taille – 1 m 62 – est un vagabond introverti depuis qu'il a quitté l'école à l'âge de 17 ans. Il se déplace constamment à bicyclette pour semer la mort partout où il passe. Il massacre des familles entières à coups de couteau et de marteau.

Selon Shi Guizhong, directeur de la Sécurité publique de la province de Hebei : « La plupart des personnes assassinées sont des fermiers dans des zones rurales isolées. Même si nous l'avons arrêté à Cangzhou le 3 novembre dernier, il a tué dans d'autres provinces. »

Il est interpellé à cause de son attitude suspecte lors d'une rafle et ce n'est qu'une fois emmené au commissariat que les autorités se sont rendu compte qu'il était recherché pour des homicides commis dans quatre provinces. Yang Xinhai n'est qu'un des nombreux pseudonymes qu'il a utilisés, car son vrai nom est Wang Ganggang. Outre ses meurtres, il a aussi grièvement blessé quatre personnes. Wang s'est enfui vers le nord et la province de Hebei où il a commis ses derniers crimes, notamment dans la ville de Shijiazhuang, où il a tué deux personnes.

Condamné à mort, le tueur en série a renoncé à toute procédure d'appel et il a été exécuté deux semaines plus tard, le 13 février 2004. Suivant ses dernières volontés, on a fait don de ses organes à la science.

2 février

Affaire de corbeau : le meurtre annoncé de 25 habitants d'un village tyrolien pour le 02.02.2004

Ils sont 3000 à vivre dans ce paisible village du Tyrol autrichien, Umhausen, situé dans la vallée de l'Ötztal, non loin d'Innsbruck – là même où, en 1991, deux randonneurs trouvèrent « l'homme des glaces », baptisé Ötzi par les uns, Hibernatus par les autres : la momie d'un homme prisonnier des glaces depuis plus de 5000 ans. Mais c'est une autre curiosité locale qui attira des équipes de télévision de nombreux pays, ainsi que des attroupements de curieux et un bataillon de gendarmes, le 2 février 2004. Les villageois, eux, vivaient dans l'angoisse depuis qu'une lettre anonyme comportant une liste de 25 noms avait annoncé la mort, ce jour-là, des personnes citées, essentiellement des femmes et des enfants. Tout Umhausen était sur des charbons ardents, et la police prit la menace tellement au sérieux qu'elle plaça sous protection particulière les 25 habitants directement menacés.

Cette affaire de corbeau n'était pas nouvelle : elle durait depuis près de trois ans lorsque l'hécatombe du 2 février fut annoncée. Entre 2001 et 2002, des villageoises avaient reçu 28 lettres anonymes de menace. Durant cette période, le corbeau passa également nombre de coups de téléphone anonymes. Le 13 août 2003 fut reçue la fameuse lettre – manuscrite – comportant les 25 noms. En décembre, quatre cartes de vœux retrouvées dans une voiture précisaient que la série de meurtres commencerait par quatre femmes, nommément citées. Quant à la date prévue, le 2 février, elle correspondait à la *Mariä Lichtmess,* la Chandeleur. En outre, au cours des mois précédant cette date fatidique deux incendies inexpliqués avaient éclaté dans le village. Enfin, une femme qui sortait ses poubelles avait été agressée par derrière dans l'obscurité : on lui avait planté une aiguille à tricoter dans la cuisse.

L'enquête policière piétinait ; le corbeau, que l'on supposait être un psychopathe, n'avait laissé aucune empreinte sur ses missives et les rondes de surveillance n'avaient jamais porté le moindre fruit. Le seul embryon d'élément dont on disposait était l'avis de l'expert graphologue auquel on avait fait appel : il jugeait qu'il s'agissait d'une écriture féminine. Les enquêteurs n'étaient guère plus avancés…

Qu'adviendrait-il des gens d'Umhausen le 2 février 2004 ? L'inconnu(e) passerait-il (elle) à l'acte, en dépit de l'importante et dissuasive surveillance policière ? Y avait-il *un* ou *plusieurs* corbeau(x) ? La tension était très vive.

Mardi 3 février : le danger était passé. Aucune agression n'avait été commise. Mais le corbeau n'avait-il pas décidé de reporter l'exécution de ses menaces ?

Ce n'est que le 11 février que le village put de nouveau respirer, à l'annonce de l'identification du corbeau présumé qui le terrorisait depuis si longtemps. Les enquêteurs ont réussi à mettre la main, grâce à des indications utiles fournies par des habitants après le 2 février et à leur propre diligence, sur une femme de 41 ans, habitant à Umhausen, qui a passé des aveux circonstanciés peu de temps après que les soupçons se furent portés sur elle. Un mandat d'arrêt a été lancé contre elle, mais elle a été laissée en liberté eu égard à l'ampleur – 17 pages – de ses aveux. Il s'agit d'une femme discrète, qui aime les enfants. Sa maison est proche de celle du maire – qui, comble d'ironie, avait promis une récompense de 3000 euros à toute personne fournissant un renseignement susceptible d'aboutir à l'arrestation de... sa voisine le corbeau.

La motivation des actes de cette dernière sembla dérisoire à tous. Il est apparu qu'elle s'était fait piéger dans une spirale de vengeance dont elle expliqua l'origine. Trois ans environ avant le fameux 2 février 2004, l'un de ses deux enfants adoptifs faisait l'objet de moqueries, à l'école maternelle, de la part de l'un de ses camarades de classe. La femme a essayé d'obtenir le changement de classe de l'enfant embêtant, en vain. Ses deux enfants se sont retrouvés dans la même classe que lui à la rentrée 2003, et elle a craint que le même désagrément ne se reproduise. Afin de ne pas attirer les soupçons sur elle, elle a choisi ses propres voisins et amis pour les mettre sur sa liste des 25 «meurtres annoncés». Et elle a fait croire qu'un inconnu lui avait enfoncé une aiguille à tricoter dans la cuisse, un soir, se faisant ainsi passer pour une des victimes du corbeau. Son scénario macabre, qui avait passé au début pour l'œuvre d'un habitant envieux ou même pour une blague de gosses, avait fini par alerter les forces de l'ordre, qui avaient pris la chose fort au sérieux.

Le corbeau a été placé sous traitement médical à la suite de son interpellation et de ses aveux.

3 février

Un éventreur de chevaux sévit depuis 11 ans en Allemagne

Une récompense de 120 500 euros a été offerte pour tout renseignement conduisant à l'arrestation d'un «éventreur de chevaux» qui a tué une centaine de bêtes depuis 11 ans dans le nord et l'est de l'Allemagne, a annoncé le 3 février la police criminelle régionale de Hanovre (Basse-Saxe), qui mène l'enquête. Cette importante somme a été réunie par des personnes privées et des associations.

Un profil psychologique du tueur a par ailleurs été établi: il pourrait s'agir d'un chasseur, d'un collectionneur d'armes ou d'un sportif. Cet homme doit avoir accès à des armes et posséder au moins quatre pistolets et deux carabines.

La police criminelle ajoute que son âge devrait s'établir entre 30 et 60 ans, qu'il doit avoir un travail durant la semaine et être mobile. Il a aussi une certaine connaissance des chevaux – il a notamment réalisé sur l'une des bêtes une laparatomie d'une grande précision, c'est-à-dire une ouverture chirurgicale de la cavité abdominale, et il sait comment gagner leur confiance. « Il tue des chevaux de toutes tailles, sans distinction de sexe, de race ou d'âge », a souligné le porte-parole de la police de Hanovre. Il doit également avoir une connaissance du travail du métal puisqu'au moins un cheval a été tué à l'aide d'une arme artisanale.

La police a commencé par penser que « l'éventreur de chevaux » sévissait depuis 1999, dans le land de Basse-Saxe, avant de trouver une « signature sans équivoque » sur des chevaux tués entre 1995 et 1997, dans le même land. Le même homme est peut-être l'auteur d'une série de 25 meurtres commis en 1993-1994. Il s'est ensuite déplacé vers l'est, sous la pression policière.

Entre 1993 et 2000, en Basse-Saxe, plus de 270 chevaux ont été blessés et près de 80 tués.

En 2003, la police a fini par adresser une mise en garde à la population : l'éventreur pourrait fort bien un jour s'attaquer à des êtres humains, notamment des enfants, car la plupart des tueurs en série ont commencé leur « carrière » avec des animaux.

3 février

Le Cap : début du procès du massacre de Sizzlers où 9 gays ont été tués

Le procès des deux hommes responsables du massacre de neuf homosexuels le 20 janvier 2003 dans le salon de massage Sizzlers à Sea Point, au Cape (Afrique du Sud) promet d'être long avec 89 témoins appelés à la barre. Après une brève journée le 2 février, les audiences doivent reprendre le 2 mars. Entre-temps, le juge a demandé une expertise psychiatrique de 30 jours des deux accusés, car leur comportement lors du crime paraît «étrange», sans que d'autres précisions aient été apportées.

Le serveur du Cap Adam Woest et le chauffeur de taxi Trevor Theys de Mitchells Plain sont jugés pour treize inculpations dont neuf de meurtre, de vol aggravé, de possession d'armes à feu et de munitions.

D'après les conclusions de l'enquête, Theys vole un coffre-fort qui contient un pistolet parabellum 9 mm Norinco appartenant à son frère Charles. Le lendemain, Aubrey John Otgaar, propriétaire d'un salon de massage et d'une agence de rencontres homosexuelles, nettoie la maison de Graham Street avec ses employés lorsque survient un client, Gregory Berghaus. Celui-ci se rend dans un des salons privés avec Sergio De Castro, pendant que les autres regardent une vidéo dans le foyer.

Un peu plus tard, Otgaar arrive à son tour dans le foyer en compagnie des deux accusés qui portent des gants de chirurgien. Les deux hommes sont armés et déclarent qu'ils veulent les voler. Les montres et les bijoux sont dérobés et les deux coffres sont ouverts. Un des otages, Timothy Boyd, est contraint de ligoter tous les autres. Mais Woest est furieux car il estime que les liens ne sont pas assez serrés. Il ordonne que tout le monde se mette à plat ventre. Theys est chargé de les attacher.

Il leur enfonce des chaussettes dans la bouche et les bâillonne avec du ruban adhésif. Pendant ce temps, des clients sonnent à la porte, mais Woest leur annonce que le club est rempli à capacité pour la soirée. Woest et Theys se rendent dans la cuisine d'où ils reviennent armés de couteaux.

Ils poignardent systématiquement les hommes dans le dos et la nuque. Otgaar parvient à défaire ses liens et il tente d'attaquer les deux criminels qui le frappent à coups de couteaux. Il s'effondre sur le plancher.

Woest verse de l'essence et se prépare à mettre le feu quand Otgaar le supplie de ne pas le faire, il renonce alors à son projet. Theys surveille les otages pendant que son complice fouille la maison.

Woest se rend dans le salon privé où se trouvent De Castro et Berghaus. On entend des coups de feu. Il retourne dans le foyer où Theys achève tous les otages avec son arme de poing. Otgaar, De Castro, Stephanus Fouche, Travis Reade, Johan Meyer et Timothy Boyd meurent sur le champ. Berghaus, Marius Meyer et Warren Visser décèdent à l'hôpital.

Trevor Theys et Adam Woest

Il n'y a qu'un survivant, dont l'identité reste secrète car c'est le témoin clef des enquêteurs. Theys et Woest quittent les lieux avec leur butin : 7000 rands en liquide (environ 1000 euros), des montres, des bijoux et un collier en or.

Le 16 mars, les deux hommes sont condamnés neuf fois à la réclusion à perpétuité, une peine de prison à vie pour chacune de leur neuf victimes. Adam Woest, 27 ans, et Trevor Theys, 44 ans, ont aussi été condamnés à 20 ans pour tentative de meurtre et 15 ans pour vol à main armée.

« Les crimes pour lesquels vous êtes condamnés portent la marque d'une sauvagerie totale et d'un mépris extrême », a déclaré le juge-président Nathan

Erasmus en énonçant la sentence. «A l'examen des faits et de votre attitude, il ne fait aucun doute que les remords que vous avez exprimés ne sont pas sincères, et qu'ils sont inspirés seulement par la pitié sur votre propre sort», a ajouté le magistrat.

5 février

Condamnation pour le maître qui dresse son chien Adolf à faire le salut nazi

Ronald vit à Berlin. Son mariage fut un échec. C'est un jeune retraité de 54 ans, ancien employé de banque. Son employeur s'est débrouillé pour le «dégoûter de rester», à ce qu'il dit. Ronald a 54 ans et un chien, un berger allemand qu'il a baptisé Adolf. Il perçoit une toute petite pension, son chien est tout ce qu'il lui reste. «Adolf est un chien très gentil», assure Nicole Bumann-Zarske, l'avocate de Ronald. «C'est un glouton, il n'arrête pas de manger des cookies, comme son maître!»

L'avocate a défendu le quinquagénaire qui a été reconnu coupable par un tribunal administratif de port ostentatoire de symboles nazis – un T-shirt à l'effigie d'Adolf Hitler – et d'insultes à agent de police. En mars 2003, des policiers étaient intervenus après que l'accusé eut crié «Sieg heil» en public. Qui plus est, Ronald a dressé Adolf à faire le salut nazi: lorsqu'il crie «Sieg heil! Fais le salut!», le berger allemand s'exécute en levant la patte avant droite. Des poursuites avaient été entamées contre lui pour avoir entraîné son chien à faire le salut hitlérien, mais elles ont ensuite été abandonnées. Adolf est un chien très gentil...

Le 5 février, Ronald a été condamné à 13 mois de prison avec sursis.

Un de ses amis, qui tient à rester anonyme, a rapporté que le chien avait été renversé par une voiture et qu'il était blessé à la patte droite. «Elle est toute pliée, il ne peut plus la tendre», a-t-il ajouté.

6 février

La semaine meurtrière d'un adolescent australien de 13 ans qui vole, viole et tue

«Je n'ai pas peur, je suis comme ça. Je suis né ainsi.»

Voilà les mots prononcés par un adolescent de 13 ans d'origine aborigène arrêté en Australie à l'issue d'une odyssée criminelle qui a duré une semaine. A Sydney, entre le 25 juillet et le 1er août 2003, l'accusé tue un pharmacien, agresse sexuellement deux femmes et vole des armes à feu. Il est le troisième meurtrier le plus jeune de l'histoire criminelle australienne.

Le 25 juillet, il dérobe 3000 $ australiens et trois téléphones mobiles à la propriétaire d'un magasin, alors qu'elle s'apprête à quitter un parking à 19 heures. Trois jours plus tard, accompagné de son oncle et tous les deux armés d'un couteau, ils volent le même magasin pour s'emparer de 6500 $, de cartes téléphoniques et de cartouches de cigarettes. Pendant que son oncle vide la caisse, l'adolescent viole la propriétaire et son employée.

Le 30 juillet, à 20 heures, le duo prend possession d'un sac d'armes à feu qu'un membre d'un club de tir se prépare à ranger dans le coffre de sa voiture.

Deux jours plus tard, Emad Youssef, 38 ans, est abattu à bout portant tandis qu'il se prépare à fermer la pharmacie de Canley Heights.

Le 23 décembre 2004, l'adolescent est condamné à 24 ans de prison.

6 février

Un adolescent Noir et nazi poignarde 67 fois son amie avant de déposer son corps sur un autel dédié aux SS

Conrad Stanford, 20 ans, fait l'objet d'un examen psychiatrique au Broadmoor Hospital depuis qu'il a assassiné sa petite amie, Paula White, 20 ans, avant de déposer le corps sur un autel dédié au nazisme.

Les deux jeunes Noirs font connaissance au Southgate College, au nord de Londres, où ils poursuivent leurs études. Un an plus tard, en novembre 2002, Stanford, qui est obsédé par les nazis, accoste son amie à 50 mètres de son appartement de Manor House et il la poignarde à 67 reprises de manière frénétique. Il traîne ensuite le corps jusqu'à son domicile où il le place devant un mur dédié au nazisme, avec une tête de mort et des tibias en croix, ainsi que divers insignes SS.

Depuis son adolescence, Stanford connaît des problèmes psychologiques et son comportement anti-social lui vaut d'être placé sous contrôle judiciaire. Un travailleur social, qui lui est assigné lorsqu'il a 18 ans, refuse de retourner dans l'appartement entièrement peint en noir lorsque Stanford lui livre ses opinions racistes et sexistes.

10 février

Un serial killer ukrainien, tueur de 11 femmes, s'est inspiré du «Silence des agneaux»

Le procès d'un présumé serial killer ukrainien a débuté le lundi 9 février 2004 à Kiev. Ruslan Khamarov est accusé d'avoir kidnappé et assassiné 11 jeunes femmes dans les quartiers du sud-est de Berdyansk. Elles auraient été tuées entre 2000 et 2003.

Khamarov est arrêté en mars 2003 après la disparition d'une jeune femme de 17 ans et il avoue, à cette époque, sa culpabilité dans les autres meurtres. Il se débarrasse des corps dans un puits situé dans l'arrière-cour de son domicile.

Le tueur en série de 31 ans affirme avoir voulu «purger la société des femmes faciles» et, selon ses dires, il aurait puisé son inspiration dans des films hollywoodiens tels que «Le Silence des agneaux».

L'Ukraine a connu plusieurs cas de tueurs en série. En septembre 2003, Serhiy Dovjenko, un ancien officier de police, a été condamné à la prison à perpétuité pour l'assassinat de 17 personnes. Le «record» est toujours détenu par Anatoly Onoprienko, jugé en 1999 pour le meurtre de 52 personnes, dont 10 enfants.

10 février

A Hong Kong, deux fillettes sont tuées puis violées pour des rites de magie noire

Deux jeunes filles de Hong Kong ont été tuées puis violées pour des rites de magie noire, afin de «créer» des fantômes destinés à tourmenter l'épouse du meurtrier.

Les victimes âgées de 1 et 11 ans ont été kidnappées à deux semaines d'intervalle par Duong Vinh Cuong, père de trois enfants, après que sa femme l'eut quitté, selon les dires de la Haute Cour de Hong Kong.

Ayant appris la magie noire en Thaïlande, Duong a avoué avoir voulu former un lien de sang avec les victimes; pour ce faire, il les étouffe avec des oreillers pour lâcher les esprits vengeurs des fantômes sur son épouse infidèle. Afin de parachever son rituel, cet émigré d'origine vietnamienne devait assassiner cinq personnes liées par le sang et, ensuite, se suicider.

Après les meurtres, il tente de se suicider au gaz avec ses trois enfants âgés de 2 à 6 ans, à son domicile du quartier de Yuen Long. Mais une explosion due à la fuite de gaz détruit l'appartement: Duong et ses enfants survivent à l'incendie qui s'ensuit. Les corps des deux victimes sont trouvés cachés dans un placard.

11 février

Des enfants sont vendus sur Internet et notés de 1 à 10 par des pédophiles

Des enfants sont mis en vente sur Internet pour assouvir les besoins sexuels de pédophiles qui les notent ensuite de 1 à 10, d'après un rapport publié par l'association d'aide à l'enfance Barnado's. Et les nouveaux modèles de téléphones mobiles risquent encore d'accroître les problèmes en matière de pédophilie.

L'organisation britannique Barnado's surveille les enfants qu'elle aide et elle en a formellement identifié 83 qui ont été abusés par l'entremise d'Internet et des téléphones portables. Sur ce nombre, 7 ont été vendus en ligne par des pédophiles et l'un d'eux a même été violé en direct sur le Web.

Ces sites informent aussi le visiteur sur «l'objet sexuel» en question, qui est noté de 1 à 10.

Plusieurs forums donnent la liste des adresses où des mineurs peuvent être achetés, avec une description ou une photo de l'enfant, ainsi que celle des actes sexuels et les tarifs.

17 février

Crime cannibale à Londres

Le 17 février 2004, à la suite de l'appel d'urgence d'un voisin qui a entendu des bruits suspects, les policiers se rendent dans un appartement situé au rez-de-chaussée de Manning House, dans le quartier de Walthamstow, à l'est de Londres. Le propriétaire, Brian Cherry, 43 ans, qui y habite depuis 8 ans, a été littéralement démembré et dépecé. Les agents décrivent une «scène d'horreur» avec des «outils» éparpillés un peu partout et des murs couverts de sang du sol au plafond. Une jambe est coupée et le crâne a été ouvert. Mais le pire est encore à venir.

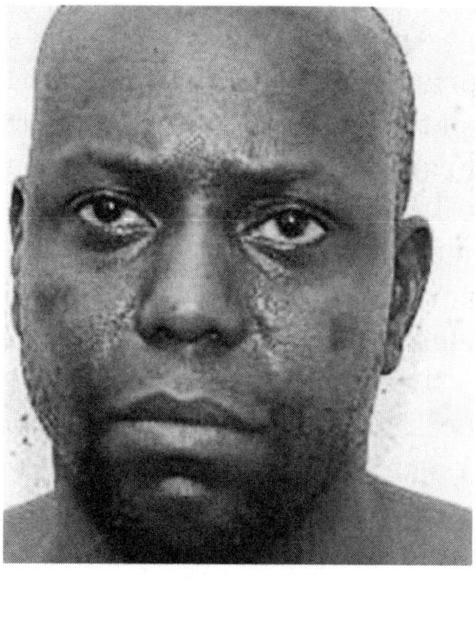

Peter Bryan

Lorsque les policiers se rendent dans la cuisine, ils découvrent des morceaux de corps cuisinés et un bout de cervelle qui frit dans une poêle.

Le meurtrier de Brian Cherry est Peter Bryan, un malade mental de 34 ans, qui vient de quitter – le matin même – l'établissement psychiatrique de Newham dans lequel il avait été volontairement admis.

Des voisins ont indiqué que Brian Cherry était lui aussi un patient d'hôpital psychiatrique. L'homme vivait tranquillement dans l'appartement, après les décès récents de sa mère et de son père.

En 1993, Peter Bryan a tué une adolescente et, déjà connu pour de nombreux problèmes psychiatriques, il a été enfermé à l'hôpital de haute sécurité de Rampton.

A l'époque, Bryan est furieux contre son ancien patron à cause d'un problème d'argent. Il se rend à son domicile et c'est une jeune adolescente qui lui ouvre la porte ; inquiète devant l'attitude de Bryan, elle lui ordonne sèchement de quitter les lieux. Pris d'une crise de fureur, Bryan se précipite sur elle pour la battre à mort.

Après son internement, Bryan est relâché et, incapable de trouver du travail, il sombre dans la drogue – cocaïne et héroïne, notamment – avant de décider de se faire hospitaliser au *Newham General Hospital* pour de nouveaux problèmes psychiatriques. Il est libéré le mardi 17 février ; il tue et démembre sa victime le soir même.

19 février

Un homme torture sa compagne avec des tenailles et une lampe à souder avant de la tuer

Andrew Dexter, 33 ans, a été condamné à la prison à vie par la Cour de Birmingham (Angleterre) après avoir tué sa compagne, Sharon Franklyn, en la jetant avec violence contre le sol. D'abord condamné à 7 ans de prison pour cet acte, la Cour demande une autopsie plus poussée qui révèle des actes de torture sur la victime, un mois avant son décès.

Les résultats sont effroyables. Sharon Franklyn, 32 ans, a eu les pieds brûlés avec une lampe à souder après que Dexter l'eut ligotée. Il lui a aussi enfoncé des tenailles dans le nez pour lui endommager à tout jamais les parois nasales.

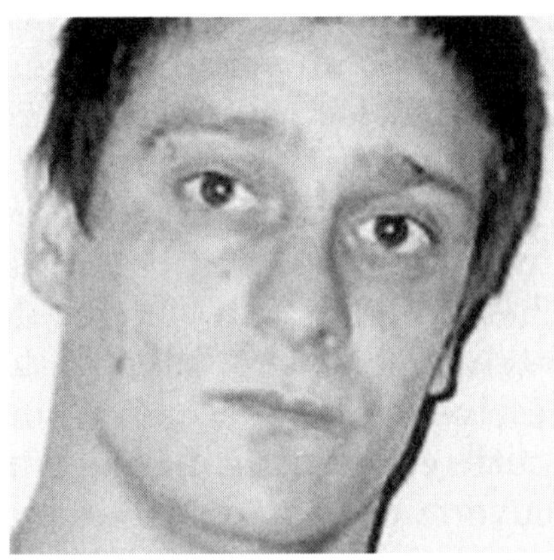

Andrew Dexter le jour de sa condamnation.

Le couple s'est connu en 1988 et la relation a été constamment marquée par les actes de brutalité de Dexter et l'alcoolisme des deux conjoints. Sharon Franklyn a plusieurs fois quitté Dexter, avant de revenir vivre auprès de son tortionnaire.

Lors de son procès, les médias anglais surnomment Andrew Dexter le *Blowtorch Killer,* le «Tueur à la lampe à souder».

20 février

Un jeune alcoolique, passionné de films violents, massacre 4 personnes en quelques jours

Un jeune homme de 25 ans a assassiné quatre personnes de sang-froid. C'est à l'occasion de ce qui a failli devenir son cinquième meurtre que Mirko H. a été appréhendé par les forces de l'ordre, dans la nuit du 19 au 20 février 2004, dans le land de Thuringe (centre de l'Allemagne). Lors d'un interrogatoire qui a duré huit heures, Mirko a avoué les meurtres et l'explication qu'il a donnée à son geste était assez sommaire. «Je voulais me venger», a déclaré cet homme alcoolique depuis l'âge de quinze ans, qui a interrompu sa scolarité très jeune avant d'abandonner son apprentissage de cuisinier. Il vivait de l'aide sociale, percevant une allocation de 280 euros par mois. «Si l'on ne m'avait pas arrêté, plusieurs autres personnes seraient mortes», a-t-il ajouté. D'après Frank Blasius, l'officier de la Crime qui a procédé à l'interrogatoire, il prévoyait de faire au moins six autres victimes. Et le policier a eu l'impression qu'il était content de s'être fait pincer «pour arrêter la série de meurtres». Lorsqu'il a agressé la cinquième personne – un thérapeute de 38 ans qui s'était occupé de lui en cure de désintoxication alcoolique – il lui a lancé «Tu es le cinquième!». Par chance, le «cinquième», grièvement blessé à l'arme blanche, a quand même réussi à désarmer son agresseur et à alerter des voisins qui l'ont maîtrisé jusqu'à l'arrivée de la police.

Mirko H., un jeune alcoolique passionné de films violents massacre 4 personnes en quelques jours.

«Je voulais me venger»: si l'on en croit les déclarations du tueur en série, ceux qui sont devenus ses victimes se seraient moqués de lui, lui auraient refusé leur aide ou fait du mal.

La série de meurtres a commencé le mercredi 28 janvier. Mirko s'est rendu dans la région de Iena chez Rainer F., un ex-médecin de 52 ans surendetté, dépendant de l'aide sociale lui aussi. Il l'a tué à l'arme blanche. A propos de son acte de ce jour-là, il a déclaré aux enquêteurs qu'il avait découvert «à quel point il était facile de tuer un homme».

Les trois autres personnes ont été tuées le 16 février, deux semaines et demi seulement après le premier meurtre. Mirko est d'abord allé trouver Thomas B., un homme de 43 ans qui lui aurait refusé son aide. Il l'a tué à coups de ciseaux et de couteau, puis a tenté de maquiller la scène de crime en suicide à l'aide des ciseaux. Avant de quitter l'appartement de Thomas B., le couteau dans sa poche, il a pris une collation et un bain.

Le même jour, Mirko a tué deux autres fois.

Sur les indications données par le suspect, la police a retrouvé dans un appartement les corps d'un homme de 53 ans, Gerd S., qui avait reçu trente coups de couteau, et d'une de ses amies qui se trouvait chez lui à ce moment-là. Ilona H., âgée de 46 ans, a vécu un long martyr: Mirko lui a répété qu'elle allait mourir – il avait verrouillé la porte d'entrée – et a fini par la tuer de huit coups de couteau. Il a ensuite entrepris d'empiler les deux cadavres, qu'il avait au préalable déshabillés («C'était rigolo à voir»). Après quoi il a piqué un somme sur le canapé, à proximité de ses victimes.

Enfant, Mirko aurait été battu par les différents partenaires de sa mère, tous alcooliques. Par le passé, il a été condamné à plusieurs reprises pour dégradation de matériel, coups et blessures et infraction à la loi sur les armes. Son film préféré, parmi une collection personnelle de quelque 300 vidéos violentes, était *American History X,* l'histoire très brutale d'un groupuscule de militants d'extrême droite aux Etats-Unis.

Lors de son procès, qui s'est ouvert le 21 octobre 2004, le quadruple meurtrier, un homme de petite taille, au crâne rasé et affichant un tatouage sur le cou, s'est exprimé à voix tellement basse que son avocat a été obligé de rapprocher le micro de sa bouche.

Mirko H. a raconté les circonstances de son passage à l'acte. En janvier, il avait dû pour la énième fois interrompre une cure de désintoxication alcoolique: il s'était tout simplement fait mettre à la porte de l'établissement spécialisé pour avoir consommé de l'alcool. Il est alors retourné dans son appartement, après avoir fini de boire l'argent de l'allocation chemin faisant. «Je me décevais moi-même parce que j'avais recommencé à boire, et par déception j'ai continué». Devant le tribunal, il a ajouté que c'était vraiment ce qu'il convenait d'appeler de «l'ivrognerie». Et puisque les services sociaux avaient suspendu leurs versements, il a pensé aller trouver un homme dont il avait fait la connaissance lors d'une thérapie pour lui emprunter de l'argent. Les faits se sont passés deux jours après son renvoi du centre de désintoxication.

Il s'agissait de Rainer F. L'ex-médecin qui avait sombré dans la déchéance lui a remis un sac plastique contenant des provisions, et ils ont bu ensemble de la sangria, des bières et du schnaps. Durant la nuit, son hôte lui a caressé le bras et la cuisse. Mirko n'a pas supporté de se faire «tripoter», il a fait un bond et renversé la table. Il a voulu aller chercher un torchon dans la cuisine où Rainer l'a suivi. Hors de lui, Mirko l'a bousculé, il a attrapé dans un tiroir un couteau à steak et lui en a asséné plusieurs coups, y compris lorsqu'il gisait à terre. «Je ne suis pas un gentil quand j'ai bu. Chez moi tout tourne à la violence. Et alors je me sens très fort.»

L'accusé a poursuivi ses explications. En réalité, il voulait seulement faire peur au quinquagénaire, mais la facilité avec laquelle il lui a porté les coups l'a surpris. «C'est rentré comme dans du beurre.»

La plupart du temps, Mirko gardait le souvenir de ce qu'il faisait en état d'ébriété. Et après avoir tué Rainer, il n'a pas éprouvé de remords. Il a au contraire eu le sentiment que sa victime n'avait eu que ce qu'elle «méritait». Après cela, Mirko s'est préparé un pot de thé et il a regardé la télévision. Ensuite il a tenté d'effacer ses empreintes et il a placé un couteau à beurre dans la main du mort non sans l'avoir d'abord planté dans le corps pour qu'il soit couvert de sang.

Il a mis l'arme du crime et quelques torchons ensanglantés dans le sac à provisions que Rainer lui avait préparé. Ainsi que des cassettes pornos. Et il est rentré chez lui en pleine nuit.

Puis le 16 février est arrivé.

Au cours des deux semaines et demi qui ont séparé le premier meurtre des trois autres, l'accusé n'a pas bu d'alcool, d'après ce qu'il a expliqué à la cour; «je savais depuis toujours que je deviens agressif quand je bois». Mais le lundi 16, Mirko a rompu l'abstinence, le besoin de boisson devenant de plus en plus impérieux. Il s'est passé la cassette de *Natural Born Killers*, «Tueurs nés». «C'est alors que l'idée de me venger m'est venue. Je savais que je voulais me venger des gens de Bad Langensalza. Ils m'ont énervé, étouffé, battu, il se sont moqués de moi», a-t-il déclaré.

Dans la même journée il a tué trois personnes dans la ville thermale de Bad Langensalza (ex-RDA). Voici le récit qu'il en a fait au cours de l'audience du 3 novembre.

Il faisait encore nuit lorsqu'il a pris deux couteaux dans sa cuisine, a glissé le plus petit dans la poche de son pantalon, l'autre dans son sac à dos, et qu'il a quitté son domicile. Il s'est d'abord rendu à celui de Gerd S., un copain de beuverie qui bénéficiait d'un logement social. Ils sont allés en voiture chez son amie, Ilona, que Mirko n'avait jamais rencontrée. Puis les trois se sont quittés – Gerd devait aller déjeuner avec sa mère – après avoir convenu de se retrouver à 15 heures. Entre-temps, Mirko a filé chez une autre de ses connaissances, Thomas B. « Je l'ai félicité pour la rénovation de son appartement, nous avons bavardé pendant une heure environ. Ensuite j'ai sorti le couteau de mon pantalon et je lui ai foncé dessus. Il a juste eu le temps de me dire *mais qu'est-ce qu'il se passe ?* » Il lui a asséné 16 coups de couteau, d'après l'autopsie. « Et là je suis allé dans la cuisine pour y prendre une paire de ciseaux. Je voulais faire croire à un suicide, alors j'ai commencé par lui planter les ciseaux dans le ventre et ensuite je les ai placés dans sa main. » Pourquoi a-t-il tué Thomas ? « Il m'avait vexé. Une fois il m'a étranglé. Après le meurtre je me suis senti bien. C'était tout simplement un sentiment agréable. Je n'avais plus peur des autres. J'étais un héros, invincible. »

L'après-midi, Mirko est retourné comme prévu chez Gerd, qu'il a tué ainsi qu'Ilona, au terme d'une torture morale extrême ; elle l'a supplié en vain pendant deux heures de lui laisser la vie sauve.

La rage meurtrière de Mirko n'a pu être stoppée que trois jours plus tard, lors d'une tentative de meurtre – un coup de couteau dans la poitrine – contre Meik F. qui avait été son thérapeute lors d'une cure de désintoxication.

Les journées d'audience du procès de Mirko H. se sont étalées sur plusieurs semaines, fin 2004 ; le 12 juillet 2005, le tribunal de Mühlhausen l'a reconnu coupable de trois meurtres, un homicide et une tentative de meurtre et l'a condamné à la réclusion à perpétuité, sans possibilité de libération conditionnelle.

29 février

En 2003, les enlèvements d'enfants ont progressé de 45 % en Angleterre

En 2003, les enlèvements et tentatives de kidnapping d'enfants ont augmenté de 45 % en Angleterre et au Pays de Galles pour atteindre le chiffre record de 846.

Plus de la moitié est l'œuvre de criminels inconnus des enfants, contrairement à l'idée reçue qui veut que de tels actes soient commis par des parents en proie à des divorces difficiles.

Le taux d'élucidation de ces affaires qui est de 50 % en 2002 a chuté pour atteindre 37 % en 2003.

La police a identifié 13 % des auteurs de tentatives et 54 % de ceux qui ont réussi l'enlèvement dans le cas où l'enfant et son kidnappeur ne se connaissent pas.

Soixante-huit de ces enlèvements ont abouti, ce qui représente 9 % du nombre total de cas.

L'âge moyen des victimes est de 10 ans et il y a autant de filles que de garçons. 75 % des victimes sont de race blanche.

On remarque 4 cas où l'agresseur et sa victime se sont rencontrés grâce à Internet.

60 % des enfants est retrouvé en moins de 24 heures et 20 % des enlèvements présente un mobile d'ordre sexuel.

Mars

1er mars

Un serial killer pakistanais, tueur de 5 chauffeurs de taxi, condamné à mort

L'appel d'un serial killer pakistanais contre sa condamnation à mort a été rejeté par la Haute Cour Fédérale. Junaid Nawaz Lal Nawaz a assassiné cinq chauffeurs de taxi et tenté d'en empoisonner trois autres.

Il est arrêté en juillet 2001 après avoir empoisonné cinq chauffeurs dans les faubourgs d'Abu Dhabi et d'Al Ain. Après son arrestation, il avoue trois autres tentatives. Tous les crimes ont été commis entre le 21 juin et le 4 juillet 2000, pour un mobile crapuleux. Deux des trois victimes qui ont survécu, Mohammed Sattar Khan et Kamaluddin Sharabuddin, ont formellement identifié Nawaz.

La Cour a aussi condamné l'accusé pour adultère et pour le vol de son employeur.

Pour agir, Nawaz s'est servi d'un pesticide puissant qu'il a mélangé à du soda. Une fois ses victimes inconscientes, il les a volées avant de les laisser mourir suffoquées par la chaleur du soleil pakistanais dans leurs véhicules dénués de climatisation. D'après les rapports du médecin légiste, les victimes décèdent moins de dix minutes après l'ingestion du cocktail fatal.

2 mars

Un chauffeur de taxi chinois est condamné à mort pour sept assassinats

Le 2 mars 2004, la cour de Beijing a condamné à la peine de mort un chauffeur de taxi meurtrier de sept personnes ; trois des victimes ont été démembrées.

Son épouse a écopé d'une sentence de 15 ans de prison pour sa participation aux crimes.

Li Pingping, 44 ans, est accusé d'avoir fait venir quatre jeunes femmes à son domicile pour les tuer entre novembre 2002 et avril 2003. En mai 1980, Li avait été mis sous surveillance pendant un an pour des problèmes de harcèlement sexuel et il a fait six mois de prison à partir de décembre 1985 pour un vol.

Selon ses dires, les assassinats ont été motivés par son mécontentement vis-à-vis de la société.

Li est arrêté par la police de Beijing en juin 2003 et les enquêteurs découvrent les restes démembrés de ses victimes dans un dépôt d'ordures proche de son domicile, grâce aux indications fournies par le tueur. Il est aussi accusé d'avoir tué son ancien employeur Song Shutian, ainsi que son épouse et leur fille après avoir été renvoyé de l'usine alimentaire de son patron, en mai 1995. La même année, Li met le feu à la maison d'un riche propriétaire.

Dong Meirong, la femme de Li, a aidé son mari dans l'exécution des crimes et elle gardait l'argent volé aux victimes.

Le chauffeur de taxi a été exécuté le 15 juin 2004.

6 mars

Le cannibale de la Meuse a mangé son père avec du lapin et des petits légumes

Lorsque les gendarmes pénètrent dans la bâtisse, au centre de Sorcy-Saint-Martin (Meuse), ils sont loin d'imaginer le spectacle qui les attend. Avertis par des voisins, ils trouvent le corps dépecé d'un homme en état de décomposition avancée. Il est probablement mort depuis un mois.

La tête du cadavre est dans un autocuiseur, un avant-bras dans un fait-tout et une côte nage dans une casserole, avec du lapin et des légumes. Le reste du corps est éparpillé dans la cuisine et la cave, rangé dans des bacs de congélation.

La victime est identifiée comme étant Hubert Cornevin, un octogénaire retraité de la SNCF. Son fils Jean-Pierre, 49 ans, qui habite sous le même toit, a été mis en examen pour « homicide volontaire sur ascendant » et « atteinte à l'intégrité d'un cadavre », puis incarcéré.

Interrogé par les gendarmes, il reconnaît avoir découpé le corps de son père avec un Opinel, environ six jours après le décès. Pour toute explication, il avance des raisons financières : il voulait faire disparaître le cadavre afin de ne pas avoir à régler les frais d'obsèques et pour toucher la pension de son père, un peu plus de 1000 euros par mois.

Hubert Cornevin souffrait d'un cancer en phase avancée. La mort naturelle n'est donc pas exclue. Pas plus que l'euthanasie ou l'homicide. Quant à Jean-Pierre, il connaissait des troubles psychologiques mais n'était pas suivi médicalement.

Pour le procureur, «il s'agit d'un univers fermé. Les deux hommes vivaient totalement isolés, ils n'avaient pas de vie sociale. Jean-Pierre Cornevin est un homme fruste, qui ne dépense jamais un centime. Il n'a montré aucun affect et son geste lui semble tout à fait naturel». Une expertise psychiatrique a été ordonnée.

Dans le village, les langues se délient. Les deux hommes n'avaient aucune vie sociale. Le fils était agent de maintenance dans une entreprise locale. On le voyait toujours se déplacer sur une vieille Mobylette. Pour économiser de l'argent, il allait dans les champs ramasser de l'herbe pour ses lapins. Il rentrait du travail à 17 heures et ne ressortait plus de la maison.

11 mars

Un chimpanzé serial killer sème la terreur au Congo

Depuis quelques jours un gros chimpanzé tue et menace la vie des habitants de Mondjamboli. Les habitants ont déserté le village pour fuir cet animal qui aurait été apprivoisé au départ mais qui échapperait actuellement au contrôle de son maître. Il a déjà tué plus d'une dizaine de personnes en l'espace de six mois à Mondjamboli.

La menace est si sérieuse que les villageois ont quitté leurs maisons pour échapper à ce primate tueur. En pleine journée, ce mammifère pourchasse les femmes dans les champs. Téméraire, il s'attaque même aux chasseurs dans la forêt.

11 mars

Jef, 94 ans, égorgé dans sa maison de retraite par un inconnu sous neuroleptique

Le jeudi 11 mars 2004, Merchtem, commune située à une dizaine de kilomètres au nord-ouest de Bruxelles, a été le théâtre d'un drame imprévisible et particulièrement choquant.

Il était environ 10 heures du matin lorsque Jef Lemaire, 94 ans, pensionnaire de la maison de retraite du Centre Public d'Action Sociale, tranquillement assis dans sa chambre, a été égorgé avec un couteau de cuisine à lame de 40 centimètres par un inconnu qui venait juste de lui dire «bonjour». Il ne s'est rien passé d'autre au moment du crime. Jef a visiblement été choisi au hasard. Son agresseur était entré sans difficulté dans la bâtisse dont les portes étaient ouvertes, il était monté au premier étage et avait simplement pénétré dans l'une des chambres.

Deux membres du personnel de la maison qui abrite 82 pensionnaires, un kinésithérapeute et un agent d'entretien, se sont précipités dans la pièce: le vieillard était affalé dans son fauteuil et son meurtrier, Dirk Verschaeren, 44 ans, était planté là, tenant des propos incohérents où revenaient les mots «esprits» et «fantômes». Il est devenu très agressif et s'est débattu de façon violente. Les deux hommes l'ont maîtrisé et enfermé dans une salle de bain en attendant l'arrivée de la police, ainsi que du procureur et de la juge d'instruction qui voulaient avant toute chose procéder à un prélèvement sanguin en bonne et due forme sur le suspect. L'ensemble des employés et des habitants de la maison de retraite ont été très choqués par les événements.

La presse a annoncé quelques semaines plus tard que Dirk Verschaeren avait tenu, jusqu'à deux ans avant les faits, une poissonnerie-traiteur non loin du centre de Merchtem mais qu'il avait revendu son commerce. Depuis, il avait souffert de problèmes psychiatriques émaillés de fréquentes crises, dont sa famille – son épouse et ses deux enfants – étaient les premières victimes. Il avait fait un séjour dans le service de psychiatrie d'un hôpital universitaire bruxellois où on lui avait d'abord prescrit un médicament administré par piqûre intraveineuse. Le médecin qui le suivait lui avait récemment prescrit du Risperdal, un neuroleptique puissant utilisé dans le traitement de certaines psychoses, en particulier la schizophrénie. Dirk Verschaeren affirmait qu'il ne supportait plus ce traitement; il aurait arrêté de le suivre la veille du crime. Il a également déclaré avoir entendu des voix dans la nuit précédant les faits. Ces voix lui auraient ordonné de se rendre dans la maison de retraite, muni d'un couteau, et d'y tuer un homme, n'importe lequel.

La défense comptait utiliser les conclusions de l'expert psychiatre désigné par la juge d'instruction afin d'éviter un procès en assises et d'obtenir l'internement de son client.

Dennis Rader arrêté le 25 février 2005.

26 mars

Vingt-cinq ans après son dernier crime, le BTK Strangler *refait surface*

Vingt-cinq ans après son dernier crime, le *BTK Strangler,* qui a assassiné neuf personnes à Wichita, fait à nouveau parler de lui. Il a adressé une lettre au journal local *The Wichita Eagle* pour clamer la responsabilité d'un dixième meurtre le 16 février 1986.

Ce jour-là, Vicki Wegerle est étranglée à son domicile du 2404 West 13th Street. Le crime n'a jamais été résolu et ne figure pas sur la liste officielle du tueur en série.

Afin de prouver la véracité de ses dires, le *BTK Strangler* a placé dans l'enveloppe une photocopie du permis de conduire de sa victime, ainsi que trois photos de son cadavre. Chacun des clichés montre Vicki Wegerle dans une posture légèrement différente. Le *Wichita Police Department* a confirmé l'authenticité des photos car, à l'époque, il n'y a eu aucun cliché du corps sur la scène de crime, les secours ayant emmené la défunte aux urgences de l'hôpital sans attendre l'arrivée des techniciens de la police scientifique.

Le courrier indique comme expéditeur «Bill Thomas Killman, 1600 Oldmanor». Depuis 1979, le *BTK Strangler* n'avait plus jamais donné le moindre signe de vie.

Dennis Rader

Arrestation du BTK Strangler

Le 25 février 2005, une enquête de 31 ans s'est achevée par l'arrestation du *BTK Strangler,* Dennis Rader, 60 ans, marié avec Paula et père de deux enfants majeurs. Né le 9 mars 1945, il a trois frères et fréquente le lycée de *Heights High School* jusqu'en 1963.

Cet employé de la ville de Park City où il vit depuis 1971 et qui est située à environ dix kilomètres de Wichita, a fréquenté les bancs de *Wichita State University* – comme les enquêteurs l'ont prédit – avant d'en sortir diplômé en 1979.

Vétéran de l'US Air Force entre 1965 et 1969, chef scout et membre influent de la branche locale de l'Eglise luthérienne, Rader vit avec sa famille dans une demeure située à l'intersection de l'I-135 et de 61st Street North, à quelques pâtés de maisons de sa belle-famille.

Pour le mettre sous les verrous, le *Wichita Police Department* et le *Kansas Bureau of Investigation* ont examiné près de 5000 suspects et prélevé l'ADN de 4 000 personnes. Selon des sources officieuses, c'est un piège tendu par les autorités grâce à une petite annonce qui entraîne la chute de Dennis Rader. Le meurtrier mord à l'appât et adresse une disquette d'ordinateur aux policiers, croyant que celle-ci ne peut pas être tracée. Les spécialistes parviennent à identifier la provenance de l'ordinateur qui appartient à une branche d'une Eglise luthérienne dont Dennis Rader est un des fréquents utilisateurs. Un prélèvement sanguin effectué auprès de Kerri, 26 ans, la propre fille du tueur présumé, permet de découvrir un ADN à 90 % compatible avec celui prélevé sur plusieurs scènes de crimes des années 70 et 80 – il s'agit du sperme du *BTK* qui s'est masturbé après avoir étranglé ses victimes. Mis sous surveillance 24 heures sur 24, Dennis Rader est arrêté le vendredi 25 février lors d'un banal contrôle routier et il n'offre aucune résistance.

T-shirt utilisé pour tuer Joseph Otero.

Le visage du tueur

Dennis Rader jeune

Employé maniaque, pointilleux, voire tatillon, Rader est chargé de dresser des contraventions pour des infractions de la vie courante – véhicules mal garés, nuisances sonores, etc. – et son métier est de capturer les animaux abandonnés.

Plusieurs de ses voisins indiquent un comportement bizarre : il est vu en train de filmer la façade d'une maison ou de mesurer la taille de l'herbe chez plusieurs habitants de Park City à des fins de vérifications. En 1984, lors d'une réunion des anciens élèves de *Riverview School,* Dennis Rader écrit dans le livre d'or : « Vivez au présent et agissez dans l'instant. La vie est compliquée et trop courte. Il faut rester jeune dans son âme aussi longtemps que possible : c'était si facile en 1959. »

L'existence va effectivement se compliquer pour Rader qui devrait être inculpé de 10 accusations de meurtre au premier degré, mais qui ne risque pas la peine de mort dans son Etat du Kansas, sauf si l'on vient à découvrir qu'il a commis des assassinats après 1994, ce qui n'est pas le cas pour le moment.

De 1971 à 1973, Rader est employé au rayon boucherie de *Leeker's IGA* et ajusteur chez *Coleman Company*. Entre 1974 et 1989, il travaille chez *ADT Security Services* où aucun de ses anciens collègues ne semble l'avoir apprécié : « Trop querelleur, un vrai maniaque qui s'emportait pour un oui ou pour un non. Un type arrogant, égoïste, mal élevé qui avait toujours une insulte au bord des lèvres. Il adorait humilier tous ceux qui travaillaient sous ses ordres », raconte Mike Tavares. Son emploi lui permet d'effectuer des installations aux domiciles des clients de l'entreprise, et c'est durant cette période que le *BTK Strangler* tue la très grande majorité de ses victimes.

En 1989, Rader travaille pour le bureau du recensement de Wichita, un emploi qui, là aussi, lui facilite le contact et l'entrée chez les habitants. Lors de déballages de grenier dans le quartier où réside Rader, celui-ci vérifie méticuleusement si les habitants possèdent bien les autorisations nécessaires, au point de leur dresser des contraventions s'ils sont en infraction. « Vous avez intérêt à faire gaffe. Personne ne s'attaque à moi, sinon vous le regretterez... » explique Rader à Sarah Gordon, l'une de ses voisines.

On le dépeint comme extrêmement méticuleux et toujours propre sur lui, il ne porte jamais de jeans et ses chaussures sont toujours cirées. Ses crayons sont toujours taillés à la perfection et alignés avec soin.

Le rappel des faits

Il y a 31 ans que débutait la « carrière » de celui qui s'est autoproclamé le *BTK Strangler* et qui a fait ses quatre premières victimes – la famille de Joseph Otero au 803 North Edgemoor, le 15 janvier 1974. Après chacun de ses sept premiers meurtres, le serial killer adresse des lettres aux médias locaux. Il coupe le téléphone avant de tuer et il emporte des souvenirs, tels qu'un permis de conduire ou des bijoux.

Le 4 avril 1974, c'est au tour de Kathryn Bright, 21 ans, d'être poignardée à trois reprises au 3217 E. 13th Street. Ensuite, il y a une période de répit de trois ans, avant que les meurtres ne reprennent le 17 mars 1977 avec Shirley Vian, 24 ans, qui est ligotée et étranglée au 1311 South Hydraulic.

La dernière victime connue avant l'arrestation de Dennis Rader, Nancy J. Fox, 25 ans, est ligotée et étranglée dans sa maison du 843 South Pershing, le 8 décembre 1977.

Jouets utilisés dans le meurtre de Shirley Vian.

Le 28 avril 1979, le *BTK Strangler* attend une victime potentielle au 600 South Pinecrest, mais il se lasse et quitte les lieux, en laissant un mot indiquant ses intentions.

Les initiales *BTK* viennent du fait qu'il avoue adorer *bind, torture and kill* («ligoter, torturer et tuer»). A la fin des années 1980, l'ADN du sperme du tueur, récupéré au domicile de la famille Otero, a été analysé et comparé au fichier d'empreintes génétiques, mais le résultat s'est révélé négatif.

L'enquête sur le *BTK Strangler* connaît un nouveau rebondissement le 20 août 2004. La police de Wichita fait appel au public pour trouver un lien entre un des poèmes du tueur, un ancien professeur de l'Université de Wichita et une macabre chanson folklorique du sud des Etats-Unis. Dans une brève conférence de presse, le lieutenant Ken Landwehr a indiqué que les profilers du FBI leur ont conseillé de rendre public ces différents éléments.

Depuis quelques mois en cette année 2004, les autorités effectuent des prélèvements ADN sur d'anciens étudiants qui ont suivi en 1977 un cours sur le folklore à l'Université de Wichita. Le professeur P. J. Wyatt, décédée d'un cancer en 1991, y enseignait «Oh Death», une obscure chanson, lors de ses cours de littérature américaine dans les années 1970. «Oh Death» a acquis une certaine notoriété depuis qu'elle figure dans la bande son du film des frères Coen, *O Brother, Where Art Thou?*

Après l'un de ses crimes de 1978, celui de Nancy Fox, le *BTK Strangler* a adressé un poème «Oh! Death to Nancy» le 10 février 1978 qui ressemble beaucoup aux paroles de la chanson.

Ken Landwehr

Par ailleurs, une lettre envoyée par le tueur le 5 mai 2004 à la chaîne de télévision locale *KAKE-TV* comprend une table des matières intitulée *BTK Story* où un chapitre porte le titre de *PJs* qui sont les initiales du prénom de ce professeur de littérature. Elle a donné des cours à l'université entre 1964 et 1986.

Avant son décès, P. J. Wyatt avait été

Dessin du tueur.

interrogée par les policiers qui lui avaient demandé d'examiner la liste de ses anciens élèves qui comprenait plusieurs milliers d'étudiants. Apparemment, elle aurait surtout utilisé cette chanson folklorique lors de neuf cours durant l'automne 1977.

En 1978, le tueur en série s'est servi d'une photocopieuse de l'Université de Wichita pour l'envoi d'une de ses lettres et il a mentionné le campus de l'établissement lorsqu'il s'est adressé à une des victimes qui a survécu.

Après l'arrestation de Dennis Rader, le shérif du Comté de Sedgwick Gary Steed annonce que le *BTK Strangler* est aussi responsable du meurtre par strangulation de Marine Hedge, 53 ans, enlevée le 27 avril 1985 et retrouvée huit jours plus tard dans un fossé.

Quant à Delores «Dee» Davis, 62 ans, elle est kidnappée le 19 janvier 1991 et son corps est découvert 13 jours plus tard sous un pont, les mains et les pieds liés avec ses sous-vêtements. Longtemps, ces deux crimes ont posé des problèmes aux enquêteurs, car il s'agit des deux seuls cas où les victimes n'ont pas été tuées à leur domicile.

Il n'est pas impossible que d'autres crimes soient imputés à Dennis Rader à l'avenir.

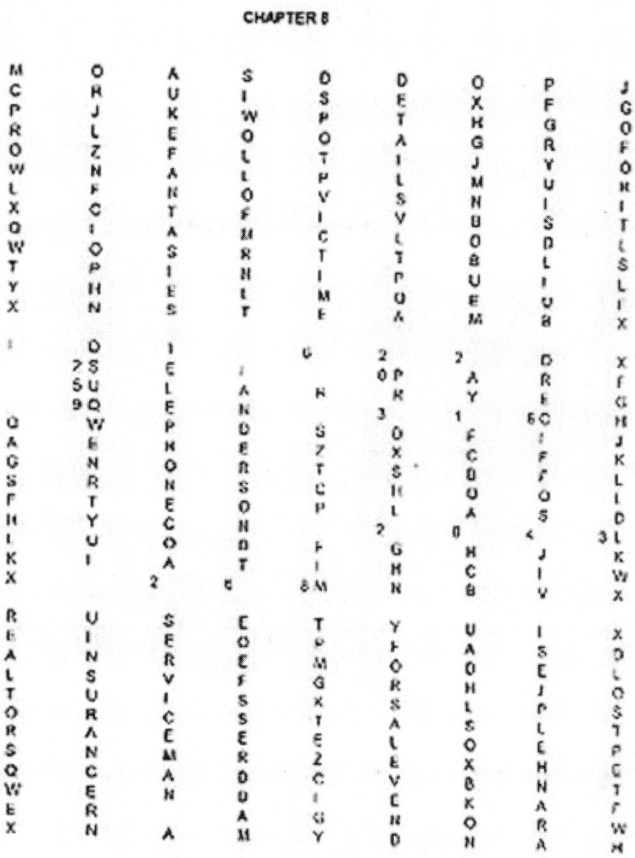

Lettre codée envoyée par le tueur.

Le 27 juin 2005, Dennis Rader plaide coupable pour dix homicides commis entre 1974 et 1991.

Lors des interrogatoires avec les enquêteurs, Rader a expliqué qu'il avait été tiré de son silence par la parution d'un article du *Wichita Eagle* annonçant le trentième anniversaire du meurtre des membres de la famille Otero. Assoiffé de publicité, l'assassin s'ennuyait dans son existence de «bon père de famille», surtout depuis que ses enfants majeurs avaient quitté le domicile familial. En 2004, il envisageait même de reprendre du service en tuant de nouvelles victimes.

Le 18 août 2005, la cour du Comté de Sedgwick a condamné Dennis Rader à dix peines de prison à perpétuité, assorties d'une peine incompressible de 40 ans.

27 mars

A 20 ans, il agresse et viole des nonagénaires – l'une d'elles meurt des suites de ses blessures

Scène de crime à la maison de retraite de Herford.

En novembre 2002, une femme de 90 ans se fait violemment agresser et violer dans la résidence de personnes âgées Ernst-Louisen, à Herford dans le land allemand de Rhénanie-du-Nord-Westphalie. Se sentant humiliée, elle n'ose pas dénoncer l'attaque dont elle a été victime et raconte que ses blessures sont dues à un accident.

Le 7 décembre, une femme de 86 ans séjournant dans la même résidence subit également un viol. Traumatisée, elle n'est pas en mesure de donner des indications exploitables sur l'identité de son agresseur.

Le 1er janvier 2003, une infirmière aperçoit un homme alors qu'il s'enfuit en enjambant la balustrade d'un balcon. Grâce à son témoignage, un portrait-robot de l'agresseur présumé peut désormais être établi. A ce stade de l'enquête, la police recherche «un homme

Portrait-robot de l'agresseur présumé.

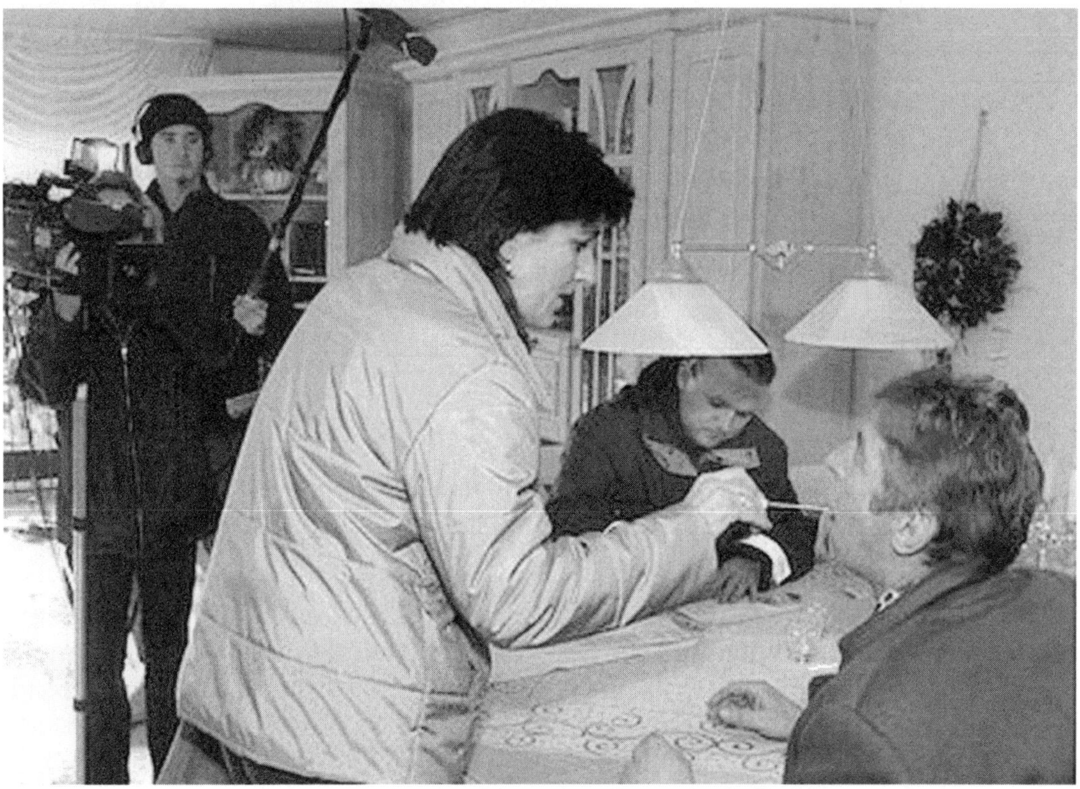

Prélèvement de salive à la maison de retraite de Herford.

de 20 à 35 ans, mince, mesurant environ 1,75 mètre aux cheveux courts, blonds et légèrement ondulés».

Le 18 janvier 2003, on retrouve le cadavre de Lina R., 94 ans, dans sa chambre. L'autopsie révèle des lésions internes, de multiples coups au visage, une fracture du crâne et de la colonne vertébrale ainsi que de nombreuses côtes cassées. Lina a en outre été violée de façon brutale; elle est décédée au cours de l'acte sexuel. Son agresseur s'est introduit dans les lieux par le balcon.

A 20 ans, Maik Z. agresse et viole des nonagénaires. L'une d'elles meurt des suites de ses blessures.

En janvier, une cellule spéciale de recherche, forte de vingt hommes, est mise en place afin de retrouver l'agresseur de (très) vieilles dames.

L'auteur des faits ayant laissé des traces d'ADN, les enquêteurs procèdent à un prélèvement de salive auprès de quelque 2500 hommes âgés de 16 à 50 ans et habitant dans un rayon de 500 mètres, l'agresseur et meurtrier ayant rendu des «visites» répétées à la résidence. Cette opération leur permet de confondre un jeune homme – correspondant au prélèvement n° 1437 – âgé de 20 ans au moment des faits, et dont l'arrestation a lieu le 27 mars 2003 au terme de deux mois d'enquête de la cellule spéciale. Il reconnaît s'être introduit dans la Résidence Ernst-Louisen aux dates indiquées par les policiers, à chaque fois après une soirée passée en discothèque, mais il affirme ne plus se souvenir exactement de ce qui s'y est produit à cause de sa consommation de drogues et d'alcool. Il est interné dans le département de psychiatrie judiciaire de la Clinique Westphalienne de Lippstadt-Eickelborn.

Il s'agit de Maik Z., un maçon au chômage, qui expliquera lors de son procès que, enfant, il s'est fait violer pendant des années par un voisin à la retraite qui lui affirmait que c'était une chose «normale». Depuis, il nourrit des fantasmes sexuels sur les personnes âgées. A propos du viol et du meurtre de Lina R., il raconte qu'il lui a donné des claques mais qu'elle ne réagissait pas. En colère contre lui-même, il lui a alors asséné des coups de poing.

L'homme a déjà fait l'objet d'une condamnation pour vol à l'étalage. Il vivait chez sa mère, ses parents étant divorcés. Sa petite amie, qui a déclaré n'être au courant de rien, habite en face de la résidence pour personnes âgées, d'où il ne cessait d'observer les femmes.

Maik Z. a été inculpé de viol ayant entraîné la mort par le tribunal de Bielefeld. L'accusation considérant qu'il souffre de troubles mentaux, elle réclame, outre une condamnation, un internement de longue durée en psychiatrie.

A l'issue de son procès, qui a commencé le 5 février 2004, Maik Z. a été condamné à neuf ans et demi de prison pour mineurs. Il encourait la peine maximale de dix ans. Deux experts psychiatres ont déclaré que l'accusé souffrait de graves perturbations du comportement sexuel. Pour sa part, le président s'est demandé comment il était possible de martyriser quelqu'un au point de tuer; le principal mobile de Maik Z. semblait être le désir d'exercer sa toute-puissance face à une personne sans défense.

30 mars

Il décapite sa mère d'un coup de sabre de samouraï: réclusion à perpétuité

Le 30 mars 2004, Axel T., 22 ans, a été condamné par le tribunal de Munich à la réclusion à perpétuité pour le meurtre, le 19 juin 2003, de sa mère, Erika, 50 ans, qu'il a décapitée d'un coup de sabre de samouraï.

Le jeune homme, qui était à l'époque au chômage après avoir été un temps videur dans une boîte de nuit – il avait abandonné des études de commerce – vivait chez ses parents, contre leur gré et à leurs crochets. Cette situation durait depuis trop longtemps à leur goût. Le jour du meurtre, sa mère s'était rendu compte qu'on lui avait volé plusieurs paquets de cigarettes. Le fils a nié les lui avoir dérobés ce qui a donné lieu à une violente dispute. Excédée et à bout d'arguments, la mère lui a lancé un ultimatum : il avait une semaine pour trouver un logement et quitter l'appartement familial, un petit trois pièces qui, en outre, avait été perquisitionné à plusieurs reprises par la police qui y recherchait de la drogue et des objets volés. Cet ultimatum a mis Axel « en colère ».

Alors qu'Erika était allée s'installer à la table de la cuisine pour y lire le journal, vers 15 heures, son fils est arrivé par derrière et lui a tranché la tête, du haut à droite vers la gauche, à l'aide d'un sabre de samouraï dont la lame affichait 45 cm. La femme est morte sur le coup ; sa tête ne tenait plus qu'à un tendon à l'arrivée de la police.

Sur ces entrefaites, le fils, prêt à assassiner son père de la même manière, s'est dirigé vers la chambre où ce dernier regardait la télévision – et d'où il n'avait rien entendu. Au moment de pénétrer dans la pièce, Axel a pris conscience des conséquences de son acte : s'il éliminait son père comme il avait exécuté sa mère, il serait le principal suspect du double meurtre. Il a alors préféré cacher l'arme dans l'appartement, qu'il a aussitôt quitté pour appeler la police avec son téléphone portable en accusant son père du meurtre.

Le père, 66 ans, a été emmené au poste par des policiers en civil sans soupçonner la raison réelle de leur descente : il n'avait pas vu le corps de son épouse et croyait que son fils avait encore été mêlé à un trafic quelconque. Les policiers ont par la même occasion emmené Axel, qu'ils connaissaient bien... Ce n'est qu'au début de l'interrogatoire que le père a appris la sinistre vérité. Il s'est effondré et a été pris en charge par des proches parents. Le fils, lui, s'est rapidement emmêlé dans ses contradictions et a avoué le meurtre.

Lors de son procès, il a déclaré que sa mère était très dominatrice et a reproché à son père de ne jamais l'avoir contredite. L'expert psychiatre a estimé que l'accusé – qui n'était pas sous l'emprise de la drogue au moment des faits – ne souffrait pas d'altération de la conscience lorsqu'il a commis ce matricide peu ordinaire.

Avril

2 avril

Le mystère du triple meurtre du lac Bodom est-il résolu 44 ans après les faits ?

La police a interpellé un homme qu'elle soupçonne d'être l'auteur d'un triple

Les abords du lac Bodom en Finlande.

meurtre commis le 5 juin 1960 sur les rives du lac Bodom, près de Helsinki ; ce suspect est le premier à être entendu par les enquêteurs en plus de 40 ans.

La plus célèbre affaire criminelle finlandaise, qui a défrayé la chronique nationale et internationale de l'époque, concerne le meurtre, par arme blanche,

Nils Gustafsson

de trois jeunes gens qui étaient allés camper en pleine nature. Il s'agissait de Maili Irmeli Björklund et Anja Tuulikki Mäki, deux jeunes filles de 15 ans, et de Seppo Boisman et Nils Gustafsson, tous deux âgés de 18 ans. Les quatre amis étaient venus planter leur tente par une belle journée ensoleillée de la fin du printemps à un endroit que les garçons avaient au préalable repéré en mobylette : le Cap de Hästbergen. A l'époque, le coin était particulièrement paisible, et quasi inhabité. On a pu, a posteriori, s'étonner que les parents de Maili et Anja laissent leurs filles partir camper une nuit entière avec deux jeunes gens, à leur âge. Les adolescentes ont eu une dispute avec leurs parents, mais elles ont quand même suivi Seppo et Nils.

Gustafsson indique le lieu où ont été commis les meurtres.

Les campeurs ont monté leur tente, ils sont allés nager puis se sont rendus à un kiosque pour y acheter des chewing-gums et de la limonade. A 19 heures 30, ils étaient de retour à leur campement. L'agression a eu lieu entre 3 heures et 6 heures du matin.

Les coups de couteau ont été assenés au niveau de la tête, du cou et de la partie supérieure du tronc. L'une des jeunes filles en a reçu onze. L'auteur des crimes s'est enfui en emportant les portefeuilles, les papiers d'identité et les costumes de bain de ses victimes.

Le suspect arrêté le 2 avril 2004 n'est autre que Nils Gustafsson. Il a aujourd'hui 62 ans. Cet homme, le quatrième membre du petit groupe d'adolescents, avait été découvert en même temps que ses amis quelques heures après les meurtres par un père de famille qui était venu nager sur une plage proche accompagné de ses deux fils, et qui avait alerté la police. Gustafsson était grièvement blessé : il présentait une dizaine de plaies causées par un couteau, il avait les deux mâchoires cassées et avait reçu un coup sur le tête. Il était inconscient. Le jeune homme a fait l'objet d'une hospitalisation d'un mois et n'a totalement recouvré la santé qu'au bout d'un an.

Chaussures ayant appar-tenu à Nils Gustafsson.

Nils étant considéré comme un témoin privilégié du triple meurtre, les enquêteurs ont tenté d'obtenir des informations de sa part, mais il a toujours affirmé ne se souvenir de rien. Même l'hypnose à laquelle il a été soumis n'a rien donné de concret.

Sur place, la police n'a trouvé qu'une taie d'oreiller de 40 centimètres sur 80 qui a pu servir au transport de l'arme du crime. Deux portraits-robots – très vagues – ont été établis, sans résultat.

La tente ensanglantée, pièce à conviction, a été conservée en lieu sûr.

Les enquêteurs n'ont jamais abandonné l'espoir de résoudre cette affaire. Récemment, ils ont confié à un célèbre laboratoire britannique spécialisé dans l'analyse des empreintes génétiques des pièces à conviction qui ont permis de faire avancer l'enquête. Rien de précis n'a été annoncé concernant les éléments nouveaux collectés par la police. Certaines sources parlent d'une paire de chaussures ayant appartenu à Nils Gustafsson, trouvée sur le lieu du crime, et qui ne présenterait que les ADN des victimes ; lors des interrogatoires, celui-ci n'a rien avoué mais aurait tenu des propos contradictoires. La police ne s'est pas non plus exprimée sur l'arme du crime. A-t-elle été retrouvée ?

Nils Gustafsson a demandé, depuis son interpellation, à être relâché à deux reprises, les 16 et 30 avril. Les deux fois, le juge chargé de l'affaire a suivi l'avis de la police et a rejeté la demande du suspect. La troisième fois, le 28 mai, elle y a accédé tout en interdisant à Gustafsson de partir en voyage. Cette interdiction est aujourd'hui caduque et les enquêteurs n'ont visiblement toujours pas

Groupe « Enfants de Bodom »

réussi à rassembler suffisamment d'éléments pour faire comparaître leur suspect devant un tribunal, mais ils ne désespèrent pas d'y parvenir.

Cette affaire est un véritable mystère national ; elle a causé un profond émoi. Elle a donné lieu à une abondante littérature et a même inspiré le nom d'un groupe de hard rock, « Enfants de Bodom ».

Quant au mobile du crime, deux thèses émergent parmi d'autres (notamment des théories parlant de conspiration) : la jalousie et l'ivresse. Les garçons auraient bu une grande quantité d'alcool fort mélangé à leur limonade après la baignade.

Le mardi 16 août 2005 s'est ouvert, à Espoo près de Helsinki, le procès de Nils Gustafsson, accusé du triple meurtre. Le ministère public réclame la réclusion à perpétuité pour celui qui ne cesse de clamer « je suis innocent, un point c'est tout ». L'arme du crime n'a pas été retrouvée.

Pour les avocats de la défense, il s'agit d'une affaire de jalousie amoureuse : l'accusé aurait d'abord tué son rival, puis « l'objet » de la rivalité et le témoin de la scène de crime. En conséquence, il s'agit de trois homicides et non de trois meurtres.

Gustafsson, lui, répète sa version des faits, inlassablement : « mon dernier souvenir, c'est quand on est allés se coucher et qu'on s'est souhaité une bonne nuit. Après, je ne me souviens plus si je me suis réveillé le mercredi ou le jeudi. »

8 avril

Une mère lapide ses deux fils en pensant que l'un d'eux va ressusciter le jour de son anniversaire

Deanna Laney, une Texane de 39 ans, a tué deux de ses fils et en a blessé grièvement un troisième. « J'ai eu la sensation que je n'avais pas le choix. Je ne voulais pas du tout tuer mes enfants. Mais c'est parce que Dieu m'a dit de le faire et l'on m'a appris à obéir à Dieu », déclare-t-elle dans un entretien avec son psychiatre.

Après son arrestation, elle a affirmé qu'elle refusait de se faire soigner tant qu'elle n'aurait pas appris, de la bouche même de Dieu, que son fils aîné ressusciterait le jour de son neuvième anniversaire.

Laney a été déclarée irresponsable de la mort de Joshua, 8 ans, Luke, 6 ans, et d'avoir battu Aaron, aujourd'hui âgé de 2 ans. La vue d'Aaron est très diminuée et les médecins estiment qu'il ne pourra jamais vivre de manière normale.

Le jury a considéré que Laney souffrait d'une maladie mentale grave qui l'empêchait de discerner le bien du mal quand elle a frappé la tête de ses enfants avec des pierres en mai 2003. Elle a déclaré à un psychiatre qu'elle avait senti le soufre dans sa cellule et pensait que cette odeur signalait la présence du Malin.

Depuis qu'elle prend des médicaments, Laney affirme qu'elle n'est plus sûre que les meurtres de ses enfants soient la volonté de Dieu. «J'ai commencé à me rendre compte qu'Il ne ferait pas quelque chose comme ça.»

20 avril

Une femme de 49 ans accusée d'avoir tué à la hache et découpé à la tronçonneuse son fils toxicomane, violent et parano

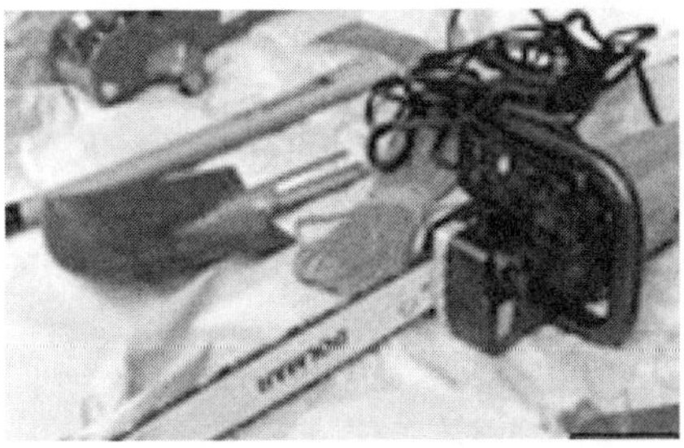
Pièces à conviction

HATTINGEN (Ouest de l'Allemagne) – Dans la nuit du 8 au 9 octobre 2003, une femme de 49 ans a asséné 23 coups de hache sur la tête et les bras de son fils. Elle a scié son corps en deux parties, au niveau du bassin, à l'aide d'une tronçonneuse, et les a placées dans une grande valise à roulettes et un coffre en aluminium.

Quelques jours plus tard, son frère qui venait l'aider à transporter un appareil électroménager a été frappé par les traces de sang sur les tapis, les murs et les meubles, ainsi que par une forte odeur de pourriture. La femme lui a raconté ce qui s'était passé et a accepté de se rendre à la police le soir même. En larmes, elle a reconnu les faits sans toutefois expliquer les raisons de son geste, sur les conseils de son avocat. Mais il est vite apparu que son fils, âgé de 27 ans, toxicomane, la maltraitait fréquemment: il la battait à coups de manche à balai, la harcelait et la volait.

Sa mère l'hébergeait depuis quelques mois parce qu'il était sans emploi et avait perdu son logement. Les derniers temps, les coups pleuvaient à un rythme quasi quotidien. Le fils, en plus d'être toxicomane, souffrait d'un délire de persécution de plus en plus aigu.

La mère avait acquis, au mois de mai, une hache pour pouvoir le menacer en cas de besoin; elle a déclaré ne pas avoir eu l'intention de tuer son fils. Mais le soir du 8 octobre, elle a subi une nouvelle agression, particulièrement brutale. Alors que son fils s'était endormi, elle est allée chercher la hache dans sa chambre. A ce moment-là, «la fureur terrible qui s'était accumulée au fond d'elle» s'est déchargée sur son agresseur, comme l'a expliqué le président du tribunal lors du procès. Dans l'appartement, les enquêteurs ont retrouvé une tronçonneuse (elle a raconté à un voisin qu'elle a croisé dans l'escalier le jour où elle a rapporté l'appareil chez elle qu'elle voulait couper son canapé en deux), une hache, une scie électrique, la valise et le coffre ainsi que divers récipients contenant des morceaux du corps.

L'accusée travaillait depuis quelques années comme prostituée dans une maison close de Dortmund. Elle était auparavant infirmière en milieu hospitalier, mais avait dû cesser son activité à la suite d'un cancer.

Le 20 avril 2004, la cour d'assises de Essen l'a condamnée à quatre ans de réclusion pour meurtre avec circonstances atténuantes.

20 avril

Un serial killer, tueur de douze femmes entre 1977 et 1993, est identifié à Kansas City

Un cadre dans une entreprise de collecte d'ordures ménagères à Kansas City est accusé d'avoir assassiné 12 femmes et adolescentes entre 1977 et 1993. Selon les autorités, Lorenzo Gilyard, un homme de race noire, marié et âgé de 53 ans, a été arrêté grâce à une identification par l'ADN. Il s'attaquait à des prostituées et les tuait après les avoir violées. Onze des femmes étaient des prostituées et la douzième une malade mentale qui errait dans les rues de la ville. Elles étaient âgées de 15 à 36 ans.

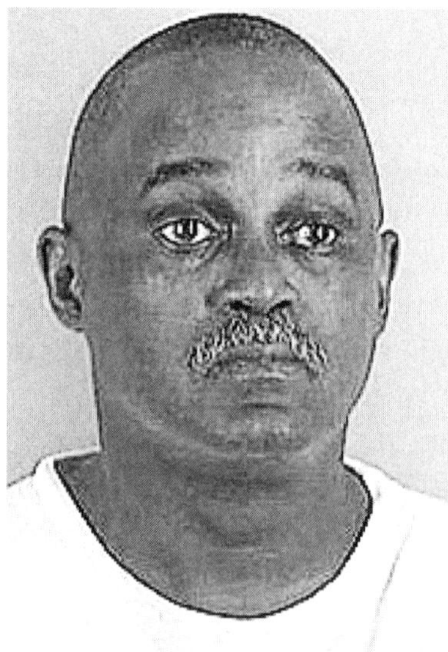

Lorenzo Gilyard

Toutes les victimes sauf une sont mortes par strangulation. Les corps étaient ensuite laissés nus ou partiellement vêtus dans les alentours de Kansas City – dans une fourgonnette abandonnée, un champ, un parking ou un fossé. Certains cadavres étaient positionnés de manière rituelle, ce qui a permis aux enquêteurs de faire un lien entre ces différentes affaires.

Le lendemain de son arrestation, Gilyard a été inculpé de dix meurtres prémédités et de deux homicides. Le procureur a indiqué qu'il allait requérir la peine de mort contre Gilyard si celui-ci était reconnu coupable.

Des enquêtes sont en cours pour déterminer si d'autres meurtres inexpliqués auraient été commis par le même homme.

La police a identifié Gilyard comme suspect après avoir analysé un échantillon d'ADN de l'homme obtenu en 1987. A l'époque, Gilyard était déjà suspect dans l'un des meurtres mais la technologie pour analyser l'ADN n'était pas encore au point.

En 2003, la police de Kansas City a pu commencer à faire les analyses d'ADN provenant de cas non résolus grâce à une subvention fédérale. C'est ainsi qu'elle a pu identifier Gilyard comme un tueur en série.

L'individu a été condamné à plusieurs reprises pour des agressions, un viol et pour avoir déposé une bombe.

Mai

2 mai

Des meurtres en série d'enfants liés à des rites de magie noire sèment la terreur au Pakistan

Au Pakistan, une série de meurtres sème la terreur dans la petite ville de Daoke dans la province de Pendjab qui compte 50 000 habitants.

Trois enfants ont été tués en trois semaines à Daoke, tous poignardés. Les deux derniers meurtres sont survenus à une semaine d'intervalle, lors du jour saint du vendredi. Tehseen Amjad, 6 ans, a été décapité puis mutilé. Ce meurtre fait suite à ceux de Ramazan, 8 ans, et Tehmina Riaz, 7 ans, qui ont été taillés en pièces. Avant de mourir, la fillette a pu répéter les paroles que le tueur lui avait adressées : « Si les gens te questionnent à mon sujet, dis-leur que je suis un démon. Dis-leur que les meurtres sont l'œuvre des démons. »

La police a procédé à l'arrestation d'une vingtaine de suspects à la suite du témoignage de Zainul Abiddin, un jeune garçon de 5 ans qui a échappé au meurtrier avec de multiples blessures à la poitrine et à l'abdomen. Les enquêteurs sont persuadés que les crimes sont liés à des rites de magie noire. Plusieurs suspects ont avoué mais les meurtres se sont poursuivis pendant leur incarcération.

3 mai

Il brûle vive son épouse dans le terrain vague voisin parce qu'elle buvait trop

C'est un fait attesté par l'autopsie : Nathalie Wolowij est morte brûlée vive, dans le terrain vague jouxtant son domicile conjugal dans la nuit du 18 au 19 février 1999, à Ressaix, au cœur des charbonnages du Hainaut.

Le soir des faits, un voisin a aperçu de petites flammes sur le terrain situé à l'arrière de sa propriété, et le 19 au matin, une étudiante qui passait en voiture a découvert au même endroit un foyer encore actif dont dépassait un bras. Elle a d'abord cru qu'il s'agissait d'un mannequin avant de se rendre compte qu'elle était en présence d'un corps humain, qui avait brûlé.

Ce cadavre, Joël De Bock, le mari de Nathalie Wolowij, l'a identifié grâce aux bagues qu'il portait encore. Appréhendé par la police, il commencera par expliquer que sa femme venait de se lever lorsqu'il était rentré du travail, le 18 février, et qu'elle semblait ivre. Voyant sa mère dans cet état, leur fils Grégory serait allé chercher sa grand-mère maternelle qui serait venue puis repartie. Joël De Bock aurait alors regardé la télévision dans le salon pendant que son épouse se serait rendue dans la cuisine pour manger un morceau. C'est à ce moment-là qu'il l'aurait vue pour la dernière fois. Il serait ensuite allé se coucher sans se poser de question.

La version fournie aux enquêteurs par Grégory diffère sensiblement de celle de son père. Le soir du 18 février, De Bock lui aurait annoncé que sa mère était ivre, ce qui tombait mal étant donné qu'il avait réservé une table dans un restaurant pour y fêter leurs 18 ans de mariage. Ses parents se seraient alors âprement querellé – son père avait été obligé d'annuler sa réservation – dans la cuisine. De Bock aurait empoigné sa femme et l'aurait «secouée», Grégory tentant en vain de les séparer. Son père l'aurait projeté contre un mur et aurait fait subir le même sort à Nathalie qui se serait alors effondrée par terre, inconsciente. Le fils aurait quitté la pièce, terrorisé, puis aurait vu son père transporter le corps de sa mère dans le jardin, depuis la fenêtre de la salle de bain.

Joël De Bock, un maçon de 39 ans à l'époque des faits, est passé aux aveux, expliquant qu'il avait traîné le corps jusqu'à un terrain vague, pris un bidon de mazout dans le garage et mis le feu à sa femme. Une fois le feu pris, il était retourné dans la maison – oubliant sa boîte d'allumettes derrière lui – où il avait pris place devant le poste de télévision. Il avait fini par monter se coucher.

Lors des interrogatoires, il a toujours nié avoir voulu tuer sa femme. Pour lui, il s'agissait d'un accident malheureux qui l'aurait fait paniquer; il ne savait pas ce qu'il faisait.

Puis il s'est rétracté, niant toute implication dans la mort de son épouse.

Nathalie Wolowij était entrée en dépression à la naissance de son fils, en 1983, et elle avait été à plusieurs reprises hospitalisée en neuropsychiatrie à la suite de tentatives de suicide. Elle n'était pas seule à avoir un problème de boisson; son mari aussi buvait.

Lors du procès qui s'est ouvert le 3 mai 2004 devant la cour d'assises du Hainaut, Joël De Bock a nié tout ce qu'il avait avoué quatre ans plus tôt. Il a néanmoins été condamné à une peine de 18 ans de réclusion.

7 mai

Le long calvaire de 2 jeunes filles séquestrées par un Dutroux russe

Deux jeunes filles ont été séquestrées et violées dans une cave pendant plus de trois ans par un ouvrier-fraiseur de 53 ans. Enlevées à Riazan (à 250 km au sud-est de Moscou) par Viktor Mokhov et sa compagne en septembre 2000 alors qu'elles avaient 14 et 17 ans, et enfermées dans un sous-sol spécialement aménagé, les deux lycéennes ont été transformées en esclaves sexuelles par le quinquagénaire, arrêté mardi.

L'une d'elles accouche successivement de deux garçons pendant sa captivité, que Mokhov a déposés devant des immeubles de la région, et était enceinte de huit mois lors de sa libération.

La cave était équipée de deux lits et la seule ouverture était une lourde trappe métallique dotée d'un verrou.

Elena et Ekaterina avaient disparu le 30 septembre 2000 après s'être rendues en discothèque à Riazan, une ville de 500 000 habitants. Elles y avaient fait la connaissance de Mokhov et de sa compagne, qui les avaient invitées à boire un verre et leur avaient proposé de les raccompagner en voiture.

Droguées, elles n'arriveront cependant jamais chez elles, et se réveilleront dans le réduit qui leur sert de cellule durant trois ans et demi.

Mokhov contraint d'abord Elena, la plus âgée, à des relations sexuelles, avant de s'attaquer à Ekaterina. Il ne fournit aux deux filles, pour toute littérature, que des livres pornographiques.

En novembre 2001, Elena accouche dans le réduit d'un garçon, aidée par Ekaterina. Mokhov l'emporte et le dépose devant un immeuble. L'enfant, recueilli par des habitants, est aujourd'hui placé dans un orphelinat.

La jeune fille accouche d'un deuxième garçon en juin 2002, et cache un appel au secours dans ses langes avant que Mokhov ne l'emporte. Mais il découvre le papier.

Les policiers ont raconté à la presse avoir découvert les deux filles dans un état de prostration, le teint blême, et pratiquement incapables de croire à leur libération. Brièvement hospitalisées, elles ont retrouvé leurs familles, qui avaient perdu espoir.

Quant à Mokhov, qui a avoué selon le quotidien *Kommersant* avoir aménagé le réduit avant de chercher des victimes, il a affirmé aux policiers avoir été motivé par le désir «d'avoir beaucoup d'enfants» et «d'améliorer la situation démographique», selon le journal *Gazeta*.

29 mai

Une femme de 36 ans poignarde ses trois fils et se jette sous un train

Dion, 9 ans, Esli, 7 ans et Tygo, 5 ans.

Le samedi 29 mai 2004, à 6 heures 45, le corps de Liesbeth van Schaijk, 36 ans, a été retrouvé le long d'une voie ferrée non loin de son domicile, à Berghem dans la province du Brabant septentrional (Pays-Bas). Elle a été tuée sur le coup par un train de marchandises, trois heures plus tôt. La police a immédiatement pensé à un suicide mais, lorsqu'à 11 heures le même jour, les trois fils de la femme ont été retrouvés assassinés, chez eux, par leurs grands-parents, toutes les hypothèses ont été envisagées par les enquêteurs.

Les corps de Tygo, 5 ans, Esli, 7 ans, et Dion, qui allait fêter son neuvième anniversaire le 31 mai, gisaient dans leurs lits, où ils avaient été poignardés à l'aide d'un couteau de cuisine. Leurs crânes présentaient en outre des traces de coups de marteau.

Liesbeth van Schaijk était séparée depuis un an de son mari, Ardie van Grunsven, père des trois enfants et qui, entre-temps, avait refait sa vie. Elle était pédicure à domicile et ceux qui la connaissaient l'ont décrite comme une femme souriante, au comportement normal, bien intégrée dans la vie de la cité. Son mari et elle se trouvaient en pleine procédure de divorce. Le soir du 28 mai, Mme Van Schaijk avait prévu de s'absenter de son domicile. Vers 20 heures 30, elle devait déposer chez sa voisine le babyphone qui permettrait à cette dernière de surveiller les enfants à distance. Une heure plus tard, elle a changé d'avis, annonçant qu'elle resterait finalement chez elle ce soir-là. Son comportement a semblé normal à la voisine. Durant la nuit du triple meurtre, personne n'a entendu le moindre bruit suspect.

Berghem, ville de 8000 habitants, a été sous le choc en apprenant la mort des trois garçons. Elle l'a été encore davantage lorsqu'elle a appris, le 2 juin, que c'est la mère elle-même qui avait tué ses enfants – en agissant seule – avant de se donner la mort. Sur les lieux du crime, la police a en effet retrouvé cinq lettres d'adieu adressées à de proches parents (l'une de ces lettres est datée du vendredi 28), parmi lesquels l'ex-mari de l'intéressée. Elles ont été rédigées «en toute sérénité», pour citer Liesbeth van Schaijk elle-même, qui explique dans ses missives qu'elle recherche la paix intérieure et qu'elle veut garder ses enfants près d'elle. D'après les enquêteurs, il ne s'agissait pas d'un acte impulsif; la mère y pensait visiblement depuis un certain temps.

Il semble en outre qu'il n'y ait eu aucun lien direct entre la procédure de divorce et le triple infanticide, même si la police a dû intervenir à deux reprises, en octobre 2003, à l'occasion de disputes entre les époux, qui n'en étaient toutefois pas venus aux mains. Aucune autre information n'a été divulguée dans la presse à l'époque, par respect pour les proches des victimes.

Le vendredi 4 juin, le corps de Liesbeth van Schaijk a été incinéré. Le samedi 5, ce fut le tour de Tygo, Esli et Dion. Cette cérémonie a été retransmise en direct sur la chaîne de télévision locale StadsTV 11, avec l'accord de la famille. Les trois cercueils étaient recouverts de pièces de tissu décorées par les camarades de classe des victimes.

30 mai

En prison, le Tueur du Zodiaque *épouse un tueur travesti qui exige de changer de sexe*

Heriberto Seda, le *Tueur du Zodiaque* new-yorkais, a annoncé son mariage avec Synthia-China Blast, 29 ans, membre du gang latino des Latin Kings et jugé pour meurtre en 1997.

Blast, qui est né Luis Morales, a fait la connaissance de Seda lors de son arrivée à la prison d'Attica en octobre 2002. « C'est la femme du Zodiaque qui vous parle », a-t-il affirmé dans un courrier adressé à un journal où il imite la célèbre phrase du « Zodiac Killer » de San Francisco : « This is the Zodiac speaking. »

Blast fait un procès aux autorités judiciaires afin d'être autorisé à changer de sexe pendant son emprisonnement. Depuis juin 2003, il arbore un tatouage de scorpion sur son visage pour signifier la date de son union avec Heriberto Seda.

Dans son courrier au *New York Daily News,* il indique : « En toute honnêteté, je peux dire que mon cher petit tueur en série est maintenant un homme à femmes. Si seulement je pouvais devenir une vraie épouse afin de donner naissance à des tas de petits chérubins serial killers qui terroriseraient New York comme mon mari a pu le faire. Les New-Yorkais haïraient les Enfants du Zodiaque. »

Heriberto Seda est un cas quasi unique d'authentique *copycat killer;* il envoie à la police de New York une lettre, le 17 novembre 1989, dans laquelle il prétend être le Zodiaque et annonce douze meurtres à venir.

Cinq mois plus tard, le 8 mars 1990, il assassine la première de ses neuf victimes qui sont sélectionnées suivant les signes du zodiaque (un Scorpion, le

8 mars 90 ; un Gémeaux, le 29 mars 90 ; un Taureau, le 31 mai 90 ; un Cancer, le 21 juin 90 ; une femme Lion, le 10 août 92 ; un Balance, le 4 juin 93, etc.).

A l'image du premier Zodiaque de San Francisco, Seda adresse des lettres cryptées aux médias. Il est arrêté le 18 juin 1996, après avoir tiré une balle dans le dos de sa sœur de 17 ans et s'être barricadé chez lui.

Seda a 37 ans et il est condamné à 235 années de prison.

Juin

14 juin

L'accusé a promené pendant deux mois le corps de sa compagne, enceinte, dans le coffre de sa voiture

Le 21 mai 2004, la curiosité de Michel Nitelet lui a donné bien des frayeurs. Intrigué par les relents d'odeurs particulièrement nauséabondes qui se dégageaient du coffre de la voiture de son fils, Michaël Nitelet, 27 ans à l'époque, il a décidé de l'ouvrir pour en avoir le cœur net. Qu'elle ne fut pas sa stupéfaction en y découvrant, dans un sac rempli de vermine, le corps en décomposition de sa belle-fille, Christiane Poulin, une cordelette autour du cou.

Peu après 23 heures le même jour, le père et le fils se sont rendus à la police de Charleroi où le second a raconté le geste qu'il avait commis six mois plus tôt, le 2 décembre 2001. A savoir : le meurtre de sa compagne, alors âgée de 26 ans et enceinte de six mois.

Ces faits, Michaël Nitelet les a de nouveau exposés, le 14 juin 2004 lors du premier jour de son procès devant la Cour d'Assises du Hainaut, à Mons.

Quatre ans et demi avant le crime – en 1997 – il a rencontré sa future victime qui se prostituait, enceinte, dans le centre-ville de Charleroi. Nitelet, qui commence par être un de ses clients réguliers, finit par devenir son ami intime et à se mettre en ménage avec elle en octobre, et il reconnaît l'enfant à sa naissance, bien qu'il n'en soit pas le père. L'accusé explique qu'il souhaite sortir sa compagne de la prostitution.

Deux ans plus tard, la relation entre les concubins se détériore. Christiane Poulin va d'hospitalisation en hospitalisation – une vingtaine en tout – tantôt pour intoxication médicamenteuse, tantôt pour tentative d'automutilation. Jusqu'au jour où elle se retrouve de nouveau enceinte. Après la naissance du deuxième enfant, elle s'absente de plus en plus souvent de la maison et délaisse son entourage. En réalité, elle continue de se prostituer et Nitelet l'accompagne sur son lieu de travail.

Les choses se compliquent encore lorsque Christiane Poulin entretient deux liaisons successives avec des amants. Le couple hébergera même l'un d'eux. Nouvelle grossesse. Le climat se détériore un peu plus, Michaël Nitelet explique que sa compagne ne s'occupe absolument pas de son foyer et ne cesse de s'absenter.

Arrive le 1er décembre 2001. Christiane Poulin, qui était sortie avec des proches, regagne le domicile conjugal vers 4 heures du matin ; une dispute éclate. Son compagnon menace de partir, elle l'en empêche. Le climat s'apaise durant quelques heures mais le conflit redémarre lorsqu'elle refuse qu'il la rejoigne dans leur lit. Nitelet raconte comment, assise, alors que lui se tient debout, elle lui lance tous les objets qu'elle peut attraper. Il s'empare alors d'un marteau qu'il envoie dans sa direction et qui l'atteint à la tête, ce qui a pour effet d'intensifier la bagarre. C'est alors qu'il la couche sur le lit et l'étrangle jusqu'à ce que mort s'ensuive. Nitelet explique que, dans sa colère, il voulait « en finir une fois pour toutes ».

Il décide ensuite de sortir le corps de la chambre à coucher, de l'envelopper dans les draps, de le mettre dans des sacs-poubelles et de le descendre au rez-de-chaussée. Puis il passe la journée chez ses parents. Enfin, ne sachant que faire du corps de la défunte, il le dépose dans un box situé à proximité de la maison et qu'il louera pendant plusieurs mois.

En mars 2002, Michaël Nitelet part s'installer chez son père ; les enfants du couple étaient gardés par les grands-parents depuis fin octobre 2001. Lorsque le contrat de location du box vient à expiration, le 31 du mois, il entreprend de glisser le corps dans le coffre de sa voiture en attendant de trouver un autre lieu où l'entreposer. Il promènera ainsi le corps de sa compagne, une nouvelle fois enceinte, pendant près de deux mois. Jusqu'à ce que son père découvre le pot aux roses.

Devant la cour et le jury, l'avocat de la défense invoque, pour tenter de justifier le geste de son client, la provocation et la force irrésistible qui auraient poussé un homme dépassé par les événements, piégé par un amour impossible, refoulant nervosité et mal-être, à étrangler sa compagne au terme d'une nuit de disputes et de coups.

L'avocat de la mère de la victime a déclaré à Michaël Nitelet : « Vous n'êtes pas une crapule, mais vous êtes un meurtrier. Mesdames et messieurs les jurés, Zorro a tué. (...) Il aurait dû la quitter, pas la tuer. Elle a été hospitalisée une vingtaine de fois et a multiplié les appels au secours. Il les a entendus mais n'y a pas répondu de manière adéquate ».

L'avocat qui assurait la défense des intérêts de deux des enfants de la victime a rappelé que « Christiane Poulin est et reste la victime », ce qui remet selon lui en question les affirmations de l'accusé quant aux motifs de la dispute fatale. Il n'a pas laissé à son entourage la possibilité de comprendre ce qui se passait entre eux et, le 2 décembre 2001, il n'a pas su gérer sa colère.

Pour finir, l'avocat général s'est intéressé aux mensonges de Nitelet concernant le déroulement de la nuit du drame, et il s'est interrogé sur la réalité de la volonté de l'accusé de sortir Christiane Poulin de la prostitution, alors qu'il lui arrivait de l'accompagner à son lieu de travail, une fois même avec leur enfant en bas âge. Il a également remis en question le rôle de «boy» et d'«esclave» que l'accusé aurait été amené à jouer, étant donné l'état du domicile conjugal décrit par les services sociaux.

En fin de compte, le 16 juin, le jury des Assises du Hainaut a décidé d'acquitter Michaël Nitelet; l'excuse de la provocation et de la force irrésistible aurait joué en sa faveur.

21 juin

Une femme conserve plus de deux ans le corps de son jeune fils dans un congélateur en panne

A Cottbus, ville allemande proche de la frontière polonaise, la police a fait, le lundi 21 juin 2004, une terrible découverte: le corps décomposé d'un garçon de sept ans, que sa mère conservait depuis deux ans et demi dans le congélateur en panne de sa cuisine. Dennis B., né le 4 janvier 1995, est mort le 21 décembre 2001.

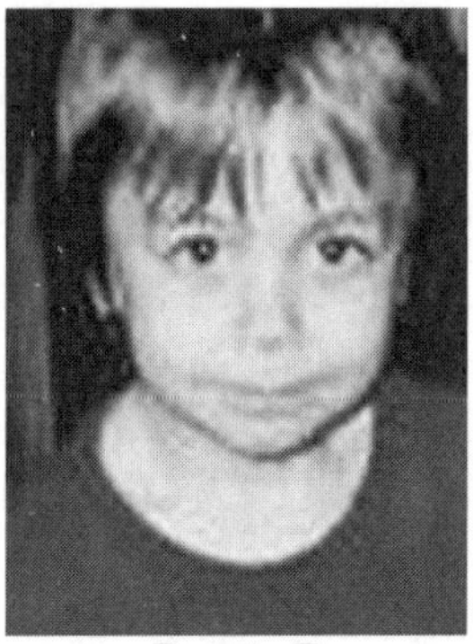

Dennis B.

Interrogée, la mère, Angelika, 43 ans, commence par raconter que son fils est décédé de mort naturelle en décembre 2002, affirmant qu'il a été subitement pris de convulsions – il aurait été diabétique – et se serait effondré. Mais si les premiers résultats de l'autopsie ne révèlent pas de traces de violence sur le corps, ils ne permettent pas non plus de déterminer la cause de la mort. Soupçonnée de meurtre, la mère est mise en détention; puis ce sera le tour de Falk, 36 ans, père de Dennis.

Angelika, mère de Dennis B.

La mère change ses déclarations, reconnaissant que son fils est mort en décembre 2001 et non 2002. Puis, elle finit par avouer qu'elle a d'abord caché le corps, mesurant 90 cm, dans un tiroir de rangement sous un lit pendant trois jours, avant de le placer dans son congélateur. Les parents, qui vivent ensemble depuis quatorze ans, tous deux au chômage, sont installés dans un appartement de cinq pièces avec leurs sept autres enfants, âgés de 5 à 20 ans (la mère a eu dix enfants en tout). Les frères et sœurs de Dennis n'ont rien remarqué de spécial; le père non plus. Voici l'histoire qu'il a racontée à la police: «C'était juste avant Noël. Je travaillais tard et je rentrais tard à la maison. Tout était calme ce soir-là. Le lendemain Angelika m'a dit que Dennis était tombé par terre et qu'on avait dû l'envoyer dans une clinique spécialisée à Berlin, par hélicoptère. Je l'ai crue. Je n'ai senti aucune odeur particulière. Notre congélateur est hors service depuis longtemps, on avait posé une nappe dessus pour en faire un table, personne ne l'a jamais ouvert».

Quand on l'interrogeait sur la raison de l'absence prolongée de son fils à l'école, la mère répondait qu'il était hospitalisé ou en cure pour son diabète. Jusqu'au jour où la Protection des Mineurs a fini par avertir la police qui est allée perquisitionner l'appartement où elle a découvert les restes de Dennis.

Falk, le père, a modifié ses déclarations, avouant qu'il était au courant de tout et qu'il était présent la nuit du drame.

Les parents ont tous deux été mis en examen pour maltraitance et blessures ayant entraîné la mort. On leur reproche notamment de ne pas avoir emmené leur enfant chez un médecin pour le faire soigner, alors qu'il était visiblement devenu très maigre et qu'il vomissait souvent. D'après l'autopsie, il a souffert le martyre après un long dépérissement et il est décédé dans d'atroces souffrances, d'épuisement et de sous-nutrition. La mère avait pour habitude de le ligoter à un lit lorsqu'il criait ; elle ne lui donnait rien à manger. Le père la laissait faire pour avoir la paix. Et ils n'ont pas déclaré le décès pour continuer de percevoir les allocations familiales, suppose la police. Soit 5370 euros au total.

Cette affaire a suscité un profond scandale en Allemagne : ni la Protection des Mineurs, ni les services sociaux ni l'Inspection académique ne se sont inquiétés de la disparition de Dennis pendant une trentaine de mois. Ils ont commis de graves manquements. L'Inspection académique fédérale a demandé l'ouverture d'une enquête disciplinaire à l'encontre de la directrice de l'école de Dennis et de l'inspecteur

Angelika B.

de l'enseignement primaire de la ville de Cottbus ; tous deux risquent le renvoi. On leur reproche de ne pas avoir réagi à la non-inscription du petit garçon à la rentrée 2001, où il aurait dû être scolarisé (son inscription aurait entraîné la visite médicale obligatoire et aurait pu lui sauver la vie), et de ne jamais avoir vérifié la véracité des affirmations de la mère, qui a prétendu pendant deux ans que Dennis n'allait pas à l'école parce qu'il était à l'hôpital ou en cure

Le 1er juillet, la police a remis les parents – toujours inculpés – en liberté, estimant qu'il n'existait aucun risque de dissimulation ou de destruction de preuves, ni de fuite loin de la ville en raison du manque d'argent et de l'isolement social des suspects.

L'avocat qui a accepté de prendre la défense d'Angelika B. reconnaît s'être fait à l'idée de ne pas pouvoir comprendre le comportement de sa cliente, et rapporte qu'elle semble particulièrement éprouvée ; « elle pleure souvent. »

En juillet, le tribunal de Cottbus a annoncé que les parents de Dennis devront répondre de mauvais traitements à un enfant mineur dont ils assumaient la garde, et de l'homicide de ce dernier. La mère est également accusée d'escroquerie : elle est soupçonnée d'avoir dissimulé le cadavre de son fils dans le but de continuer à percevoir les allocations familiales. Le procès n'est pas prévu avant le mois de décembre 2005.

21 juin

Un bébé de 20 mois poignardé au ventre et enterré, peut-être vivant, par ses parents toxicomanes

Le couple formé par Wim Durdin, 24 ans, et Yoko Maesen, 22 ans, battait de l'aile depuis quelque temps. Aux graves problèmes financiers – dus à leur consommation de drogue – s'ajoutait le fait que Yoko était tombée amoureuse de l'un de leurs amis communs. On se disputait bien plus qu'on ne riait, dans le petit appartement de Wetteren, ville de 20 000 habitants située sur l'Escaut non loin de Gand, en Flandre Orientale. « Chacun voulait suivre son propre chemin », raconte Sandra, la sœur de Wim. En effet, peu avant les faits, le couple avait décidé de se séparer. « Wim se plaignait de ce que Yoko s'occupait de moins en moins d'Olivier, leur fils de 20 mois. Tout retombait sur les épaules de mon frère. Après coup, on a appris qu'ils avaient commencé les démarches pour faire adopter Olivier, mais ils trouvaient la procédure trop longue. Ils voulaient se débarrasser de leur petit garçon, et vite. Si Wim en avait parlé avec nous, Olivier serait encore en vie aujourd'hui. On lui aurait conseillé de s'occuper d'Olivier à tour de rôle ou de le placer provisoirement dans un centre d'accueil », poursuit-elle. « Je n'arrive toujours pas à comprendre ce qui s'est passé », déclare de son côté la mère de Wim. «S'ils étaient dans une situation aussi désespérée, pourquoi n'ont-ils pas déposé leur enfant dans un poste de police ou tout simplement dans la rue, devant un café ? Wim passait ici presque chaque semaine mais il n'a jamais laissé paraître qu'il ne s'en sortait plus. C'était son problème : il en disait de moins en moins parce que lorsqu'on parlait, ça se terminait en dispute. Il voulait tout résoudre à sa manière», regrette-t-elle. Et la solution choisie fut terrible.

«La nuit précédente, on a fait chacun un rêve dans lequel Olivier était tué», racontera Wim aux enquêteurs. «Yoko a rêvé qu'elle lui brisait la nuque, et moi que je le jetais dans l'Escaut une pierre autour du cou. On a choisi le rêve de Yoko. Elle a suggéré de tirer à la courte paille pour savoir qui commettrait le meurtre, mais lorsqu'elle a tiré la plus courte, elle n'a pas pu.» La scène se passe le 14 septembre 2002. Lors du procès, qui a eu lieu le 21 juin 2004, Wim a expliqué comment le couple s'était alors rendu, ce soir de septembre vers 21 heures 30, sur un terrain de jeu tout proche. «Là, j'ai essayé de lui briser le cou, mais cela n'a pas marché et Olivier a commencé à pleurer et à crier de douleur.» Wim lâche prise, et pour étouffer les pleurs de son enfant, il lui couvre la bouche à l'aide de sa veste. Et tandis que Yoko maintient Olivier, Wim le frappe deux fois à la poitrine avec son couteau de poche. «Ensuite nous l'avons enterré. Je ne sais plus s'il était encore en vie à ce moment-là», poursuit Wim qui s'est rendu à la police le lendemain. Là, il a expliqué qu'il avait agi seul, mais le soir même Yoko avouait qu'ils avaient planifié le meurtre ensemble.

Sandra soulignera qu'Olivier, son neveu, n'avait jamais manqué de rien, qu'il était correctement nourri, proprement habillé et qu'on lui offrait des tonnes de jouets. Elle ne s'explique pas comment le père d'un tel enfant, qui partage de bons moments avec lui – Wim était fou de son fils, d'après Sandra – peut arriver à le tuer. La grand-mère d'Olivier revient quant à elle sur l'adolescence de son fils, à Anvers, où il avait eu de mauvaises fréquentations, une bande de copains qui l'ont initié au haschich. Wim a même été condamné pour cambriolage. C'est pour fuir ce milieu qu'il était parti s'installer avec Yoko à Wetteren, mais ils étaient trop jeunes, trop inexpérimentés pour avoir un enfant.

Lors de son procès, Wim a déclaré qu'Olivier «était un gentil petit garçon qui ne nous causait quasiment pas de souci. Mais prendre soin de lui était devenu une contrainte quotidienne».

La cour d'assises de Gand a jugé Yoko Maesen et Wim Durdin coupables d'infanticide et les a condamnés à la prison à perpétuité, qualifiant l'affaire de «presque surréaliste». Le jury ne leur a trouvé aucune circonstance atténuante.

22 juin

Un Bruxellois étranglé, amputé d'une main et partiellement d'une jambe est retrouvé nu dans sa garde-robe

Les policiers avertis par une amie de Stefaan Vandeput, 46 ans, qui s'étonnait que ce dernier ait raté leur rendez-vous de ce 22 juin alors qu'il était d'une grande ponctualité, n'ont pas retrouvé tout de suite le corps de cet informaticien homosexuel qui habitait depuis un an environ dans la rue Van Artevelde, à Bruxelles. Ils avaient été alertés par la femme, âgée d'une cinquantaine d'années, qui avait fini par se rendre au domicile de Stefaan et avait trouvé sa porte d'entrée ouverte ainsi que des traces de sang dans le vestibule. Elle avait préféré laisser le soin aux policiers de pénétrer plus avant dans l'appartement, au cas où....La salle de bain était en effet maculée de sang, mais de monsieur Vandeput, ils n'ont trouvé aucune trace. Un enquêteur s'est quand même demandé pourquoi le linge avait été sorti de l'armoire et empilé sur le lit. Il a compris en fouillant ladite armoire : la victime s'y trouvait, nue, emballée dans un drap. Sa main gauche avait été découpée – dans la salle de bain – et l'assassin (ou les assassins) s'était visiblement attaqué à la jambe gauche, qui portait des traces de coupe au niveau du genou, mais il avait dû abandonner son projet en cours de route en se rendant compte de l'ampleur de la tâche : dépecer le corps pour mieux le faire disparaître. D'ailleurs, la main ne se trouvait plus dans l'appartement. Les policiers l'ont également cherchée, en vain, dans les poubelles de la rue.

Stefaan Vandeput avait été étranglé, dans la nuit du 21 au 22 juin ; il avait été vu vivant pour la dernière fois le lundi 21 en début de soirée. Sa voisine, une dame âgée avec laquelle il entretenait de bonnes relations, n'avait rien entendu, et son chien n'avait pas aboyé.

Quelques objets personnels de la victime avaient disparu, notamment son portefeuille.

Un appel à témoins a été lancé, sans succès à ce jour. Le parquet de Bruxelles s'orienterait vers un règlement de compte entre homosexuels. Mais pourquoi avoir fait disparaître la main gauche ? Cette main qui fut retrouvée un mois plus tard – dans les toilettes. Elle avait fini par boucher toutes les canalisations se trouvant dans l'alignement de l'appartement de Stefaan Vandeput. C'est un plombier, que la police avait appelé sur les lieux du crime, qui a fait la surprenante découverte.

24 juin

Deux jeunes gens rejouent « Orange mécanique » avec une femme de 83 ans

Yvette, une femme de 83 ans, a vécu le 5 août 2002 à Namur une scène digne du film de Stanley Kubrick : elle a été humiliée, battue, torturée, violée et volée par un homme de 28 ans, Pascal Fonck, déjà condamné à six ans de réclusion pour vols et coups et blessures.

Ce soir-là, vers 20 heures 30, Yvette, qui vit seule depuis le décès de son époux en 1974, ouvre la porte à un jeune qui prétend vouloir se renseigner sur l'heure du prochain bus. La vieille dame n'a pas le temps de lui répondre qu'un autre individu pénètre dans sa maison et se jette sur elle, la couche face contre terre, lui bande les yeux et se met à la frapper sur tout le corps afin qu'elle leur indique où elle cache ses économies. Il lui arrache son alliance, celle de son mari et sa montre, et lui enlève sa prothèse dentaire qu'il cache dans un pot de fleurs. Puis il l'oblige à monter l'escalier à quatre pattes, les yeux toujours bandés.

Une fois dans la salle de bain, Yvette est dénudée et le plus âgé des agresseurs – Pascal Fonck – la viole à plusieurs reprises et lui fait subir une fellation, en se vantant auprès de son complice de se faire « s... par une vieille ». Pour tenter de faire disparaître le sang et ses empreintes, il plonge sa victime dans la baignoire remplie d'eau bouillante et s'amuse à lui enfoncer la tête sous l'eau. Yvette parvient malgré tout à réagir : elle appelle sa voisine à l'aide en frappant sur le mur mitoyen.

Lors du procès en correctionnelle, le jeune complice, mineur au moment des faits, reconnaît avoir été présent sans avoir frappé ni violé la victime ; il décrit la soirée de façon détaillée. L'agresseur-violeur, lui, affirme qu'il était ivre ce soir-là, qu'il ne se souvient de rien, mis à part le vol – les divers objets dérobés ont été retrouvés dans son jardin – et qu'il n'a pas violé Yvette. D'après les analyses génétiques, le sang qui maculait les sous-vêtements de la vielle dame pourrait être celui de Pascal Fonck. L'avocat de ce dernier estime que ce sang est lié au vol plutôt qu'au viol et plaide les circonstances atténuantes étant donné le climat de violence dans lequel son client a grandi ; ses parents auraient notamment tenté de le tuer à sa naissance.

Le procureur requiert neuf ans de réclusion, soulignant la gravité des faits.

Le soir de l'agression la victime avait reconnu son agresseur, qu'un curé s'occupant du reclassement d'anciens détenus lui avait envoyé pour effectuer divers travaux de jardinage, quelques mois plus tôt.

Le 24 juin, Pascal Fonck a été condamné à huit ans de prison.

La vieille dame, handicapée depuis que son agresseur lui a cassé deux doigts, n'ose plus utiliser sa baignoire, lieu de torture.

28 juin

Un Anglais vend son corps sur eBay et un cannibale allemand lui fait une offre

Après une soirée bien arrosée, Daniel O'Dee pense s'amuser en passant une annonce sur le site «eBay» pour proposer son corps à une vente aux enchères.

L'annonce est rapidement retirée par l'équipe d'eBay, mais O'Dee est choqué de recevoir une réponse très sérieuse de quelqu'un qui se présente sous le pseudonyme de «Donnie, le cannibale de Hanovre» qui lui offre 2000 £ pour un «corps frais». Dans ce mail, «Donnie» indique qu'il existe un groupe d'utilisateurs d' «eBay» qui se cotisent ainsi pour acheter des cadavres.

Lorsque Daniel répond en expliquant sa plaisanterie, «Donnie» se montre désappointé: «Je suis déçu de constater que c'est votre corps que vous vendez car j'ai besoin d'un cadavre le plus rapidement possible. Si vous avez la possibilité de me fournir un autre cadavre frais, je suis très intéressé. Et je vous en donnerais un bon prix.»

Comme Daniel ne répond pas au mail, il a, depuis, reçu des menaces de mort.

Juillet

22 juillet

« C'est comme si elles étaient déjà mortes à mes yeux », explique le tueur en série Sean Gillis

Arrêté depuis quelques mois pour l'assassinat de huit femmes entre 1994 et février 2004, Sean Gillis accepte de parler à un journaliste de *The Advocate* depuis la prison de Parish en Louisiane. Vêtu d'une combinaison orange, chaussé de lunettes rectangulaires, Gillis s'est laissé pousser la barbe qui est de couleur rousse teintée de gris. Il admet le meurtre de ces femmes, mais ne s'explique pas la raison de tels actes. Il réfute les théories d'un agent du FBI qui tient à lui faire « endosser » de nombreux autres forfaits.

Sean Gillis

Il ne tue que la nuit lorsqu'il devient nerveux par manque de sommeil. Selon lui, il ne commet aucun crime entre 1995 et 1998, car à cette époque il travaille toute la nuit dans un magasin Circle K proche de son domicile de Burgin Avenue.

– J'étais heureux à cette époque, explique-t-il.

Gillis, âgé de 43 ans, a été arrêté le 29 avril 2004 pour l'assassinat de trois femmes qui menaient une « vie à risques », avec de multiples condamnations pour prostitution et/ou drogue.

Depuis son arrestation, Gillis a avoué cinq meurtres supplémentaires : trois de ces cinq nouvelles victimes étaient aussi des prostituées.

Il accepte de parler aux policiers et à un journaliste, tout simplement « parce que je l'ai fait », raconte-t-il en haussant les épaules. A l'exception d'Ann Bryan, 81 ans, qui vit dans une maison de retraite, et Hardee Schmidt, 52 ans, une mère de famille de 3 enfants qui habite dans un logement social, les autres femmes sont approchées dans la rue. Mais il a rarement des rapports sexuels avec elles.

Gillis explique qu'il ressent une certaine forme de mépris pour ses victimes. « C'est comme si elles étaient déjà mortes à mes yeux. »

Il prend l'exemple de Johnnie Mae Williams qui aurait été son amie depuis dix ans. Lorsqu'il la croise dans la rue en octobre 2003, elle est devenue accro au crack. Et il n'a pas pu se retenir.

Gillis rencontre de nombreuses autres femmes qu'il ne tue pas, notamment une adolescente de 16 ans à qui il dit qu'elle n'est qu'un «bébé» et qu'il éjecte de sa voiture. Il remarque que toutes les victimes ont son âge ou quelques années de plus que lui, sans qu'il puisse en expliquer la raison.

Sur son PC, Sean Gillis possède des fichiers aux titres aussi évocateurs que *Beheadings and Hangings, Manson Murders, Russian Necro World, Lezbos, Russian Porn, Color Dead, Black & White Dead* ou *Best of Snuff;* par ailleurs, les enquêteurs ont saisi à son domicile 3 disques durs externes, 44 CD et 353 disquettes.

Gillis raconte qu'il a pris des photos numériques d'une de ses victimes qu'il a posée en différentes postures après l'avoir tuée. Il se sent «horriblement mal» à cause des meurtres et il donnerait avec joie sa vie pour les faire revenir, si cela était possible. D'un autre côté, il est certain qu'il tuerait à nouveau s'il était un jour relâché sans avoir été soigné.

Gillis rencontre régulièrement un psychiatre et il est traité à l'Elavil, un antidépresseur qui lui permet de dormir la nuit et le maintient dans une sorte d'état second pendant la journée. Avec plus de médication et une thérapie, Sean Gillis affirme qu'il ne représenterait plus une menace pour la société. Mais il doute d'être à même de pouvoir le prouver un jour.

24 juillet

Meurtre satanique d'un prêtre dans la cathédrale de Santiago du Chili

Le père Faustino Gazziero de Stefani, 68 ans, a été poignardé samedi 24 dans la cathédrale de Santiago du Chili lors de ce qui semble être un crime satanique. Son assassin, Rodrigo Orias Gallardo, 25 ans, était entièrement habillé de noir, le corps couvert de tatouages de symboles sataniques, et il s'est volontairement blessé avec son couteau après le meurtre. La police indique que l'agresseur n'était pas sous l'influence de drogues.

Avant de frapper le prêtre qu'il ne connaît pas, Gallardo s'est écrié: *Por Satan!* (Pour Satan!), puis il s'est agenouillé près du corps pour invoquer à nouveau le nom de Satan. Ensuite, il s'est redressé pour se barbouiller le visage avec le sang de sa victime et se poignarder à plusieurs reprises dans la poitrine et le cou. Il a été emmené à l'hôpital mais ses jours ne sont pas en danger.

Une fouille au domicile de Gallardo a permis de retrouver de nombreux objets, croix inversées et livres sataniques.

Dans un premier temps, l'enquête s'est focalisée sur la zone de Coyhaique, à 1800 km au sud de Santiago, où Orias habitait peu de temps avant son crime. La police a indiqué qu'il y avait dans cette ville une secte satanique appelée « Les hommes en noir » dont Orias était un membre présumé. Selon un rapport parlementaire datant de 2001, le Chili compte au moins 80 sectes sataniques. Cette piste a toutefois été abandonnée par la suite, faute d'éléments probants.

En septembre 2004, la juge Veronica Sabaj, de la troisième chambre criminelle de Santiago, a estimé que Rodrigo Orias était un aliéné ayant commis le crime dans un acte de folie et qu'il devait être soigné dans un établissement spécialisé. Un rapport psychiatrique remis à la juge par des experts a estimé que l'assassin souffrait de schizophrénie paranoïaque « avec présence de phénomènes hallucinatoires » à contenu « magique et démoniaque ». Selon ce rapport, au moment de l'attaque, Orias «était privé de raison ou sens de la réalité, en raison de ses idées délirantes».

29 juillet

Impliqué dans 29 cas de morts suspectes, un infirmier allemand pourrait avoir fait 81 victimes

Stefan a agi par «compassion». Il a expliqué aux enquêteurs venus l'arrêter le 29 juillet qu'il ne supportait pas de voir souffrir les patients gravement malades et qu'il avait voulu les soulager de ces souffrances. Il était âgé de 25 ans et avait été engagé à la clinique de Sonthofen, en Bavière, en janvier 2003. Entre le mois de mars de la même année et juillet 2004, la police a relevé 81 cas de décès suspects de malades, les «incidents» mortels étant survenus dans le service de Stefan et à des moments correspondant à ses horaires de travail, pour la plupart des décès. Elle allait devoir vérifier à quel degré les patients qu'il a tués étaient malades; des exhumations allaient s'imposer.

Stefan, l'ange de la mort

C'est à la suite d'une plainte déposée par la clinique pour vol de médicaments que les enquêteurs ont été mis sur la piste de l'infirmier. Lors d'une perquisition à son domicile, ils ont découvert dans des poubelles des ampoules de médicaments provenant de la clinique. Les vols, qui avaient lieu depuis un certain temps déjà, concernaient surtout des tranquillisants, des narcotiques et des relaxants musculaires dont l'administration excessive ou conjointe peut entraîner la mort.

Dans un premier temps, Stefan a reconnu avoir «euthanasié» à sa manière six femmes et quatre hommes, âgés de 60 à 89 ans. A la mi-août, il a avoué deux autres crimes, ceux d'un homme octogénaire et d'une femme nonagénaire, décédés durant l'été 2003. Et début septembre, ce sont quatre autres crimes qu'il a reconnu avoir commis, par injection également, à savoir deux hommes et deux femmes âgés de 80 à 95 ans, décédés entre juin 2003 et juin 2004.

L'homme, que ses voisins et collègues disaient «poli, dévoué, plutôt introverti», s'est montré coopératif avec les enquêteurs et a semblé faire de réels efforts de mémoire.

A ce jour, 42 exhumations et autopsies ont eu lieu. D'après un bilan provisoire, l'infirmier est inculpé de 6 meurtres, de 22 homicides et d'un «homicide sur demande».

Août

2 août

Un tueur en série pédophile est arrêté au Brésil

La police brésilienne a mis en examen un réparateur de bicyclettes de 39 ans qui vient d'avouer une série de meurtres s'étendant sur près de deux décennies. Francisco das Chagas Rodrigues de Brito a reconnu les assassinats accompagnés de mutilations sexuelles de 14 adolescents dans l'Etat de Para commis dans les années 1980 et au début des années 90.

Chagas, à gauche, face au juge.

«Il nous a indiqué 14 lieux différents où il aurait enterré les corps de ses victimes et, à deux endroits, nous avons trouvé des restes humains», explique l'inspecteur Neyvaldo Silva de la police d'Altamira, à 1800 kilomètres au nord-ouest de Rio de Janeiro.

Francisco das Chagas Rodrigues de Brito

En mars 2004, Chagas a été arrêté dans l'Etat voisin de Maranhao où il a été inculpé pour le meurtre de deux autres jeunes garçons dont les cadavres ont été retrouvés sous le plancher en terre battue de sa cabane située dans un des quartiers les plus pauvres de Sao Luiz. Lors de ses aveux aux policiers de Maranhao, Chagas a admis l'assassinat de 24 garçons depuis 1991 pour ce seul Etat.

Si les confessions sont exactes, comme semblent le penser les enquêteurs de ces deux Etats, Chagas deviendrait le serial killer le plus prolifique de toute l'histoire criminelle brésilienne. Jusqu'à présent, le pire tueur en série est Marcelo Costa de Andrade, surnommé «Le Vampire de Niteroi» qui a été condamné en 1991 pour le meurtre de 14 enfants près de Rio de Janeiro.

Depuis les années 1980, de nombreux corps d'enfants ont été retrouvés, les parties génitales découpées, dans ces deux Etats.

Voici la liste des victimes de Chagas connues à ce jour, avec la date de leur disparition :

Ranier Silva Cruz 17-09-1991.
Antonio Reis Silva (Carrapato) 08-10-1991.
Ivanildo Póvoas 01-11-1991.
Carlos Wagner Sousa 20-11-1991.
Bernardo Rodrigues Costa (Bernardinho) 03-03-1992.
Nerivaldo dos Santos Ferreira 21-03-1996.
Jailson Alves Viana 25-12-1996.
Raimundo Nonato da Conceição Filho 17-06-1997.
Eduardo Rocha da Silva 17-06-1997.
Josemar de Jesus Batista 09-10-1997.
Rafael Carvalho Carneiro 25-10-1997.
Júlio César Pereira Melo 18-06-1998.
Nonato Alves Silva 28-06-1998.
Sebastião Ribeiro Borges 17-08-2000.
Hermógenes Colares 03-09-2000.
Raimundo Luís Cordeiro 03-09-2000.
Welson Frazão Serra 07-10-2001.
Edvan Pinto Lobato 15-02-2002.
Daniel Ribeiro 10-02-2003.
Diego 06-2003.
Jonnathan Vieira 06-12-2003.

6 août

Le « Fils de Sam » David Berkowitz reste en prison

Le « Fils de Sam » vient de se voir refuser sa libération conditionnelle pour la deuxième fois.

Né le 1er juin 1953, à Brooklyn, sous l'identité de Richard David Falco, fils illégitime d'une femme qui l'abandonne à sa naissance, David Berkowitz (son nom d'adoption) montre dès son plus jeune âge des signes alarmants. Enfant obèse et sans amis à l'école, David torture les animaux domestiques : il empoisonne ainsi le perroquet de sa mère adoptive en lui administrant un nettoyant en poudre. Adolescent, il a des rêves de grandeur et s'imagine devenir un héros en s'engageant dans l'armée. Malgré le pseudonyme guerrier de *Wolf* qu'il s'invente auprès de ses camarades soldats, Berkowitz montre des aptitudes médiocres qui lui valent de rester cantonné à des tâches dégradantes en Corée. Une première expérience sexuelle avec une prostituée asiatique se termine par un désastre lorsqu'il contracte une maladie vénérienne.

De retour à New York, il tente en vain de devenir pompier mais rate son examen d'entrée. Il se console en devenant pyromane et, lorsque des visiteurs le rencontrent en prison au début des années 90, Berkowitz leur montre fièrement plusieurs cahiers où il a minutieusement consigné les 1411 incendies qu'il a allumés aux quatre coins de New York et de sa région. A contrecœur, il reconnaît que les flammes lui procurent une intense satisfaction sexuelle et qu'il se masturbe avec frénésie lors de chacun de ces feux.

Confiné dans un travail médiocre au tri postal, Berkowitz habite dans une chambre vide à Yonkers avec un drap cloué sur la fenêtre en guise de rideau et il dort sur un matelas sale à même le sol.

A partir de 1975, il reste parfois des semaines entières sans sortir de chez lui tout en étant soi-disant persécuté par les aboiements incessants d'un labrador noir qui appartient à l'un de ses voisins, Sam Carr. Selon ses dires, le chien est devenu l'agent d'un démon vieux de 6000 ans, nommé Sam, qui lui aboie ses instructions et, notamment, lui donne l'ordre de tuer.

Le jour de Noël 1975, Berkowitz passe à l'action une première fois mais sa cible lui échappe ; il aperçoit alors une autre adolescente de 15 ans et la poignarde à six reprises.

Les jours suivants, il est très déçu quand il se rend compte de l'absence du moindre article de presse. Il comprend que la jeune fille n'est pas morte et il décide de changer de méthode. Il prémédite avec soin l'achat d'une arme à feu, un *Charter Arms Special Bulldog,* calibre 44, lors d'un voyage au Texas. Tous ses crimes sont commis la nuit tombée et ses cibles privilégiées sont de belles jeunes femmes à la longue chevelure sombre :

29 juillet 1976 : assassinat de Donna Lauria ; Jody Valente est blessée.
23 octobre 1976 : Carl Denaro, blessé (il a les cheveux longs et Berkowitz croit tirer sur une femme).
27 novembre 1976 : Joanne Lomino et Donna DeMasi, blessées.
30 janvier 1977 : Christine Freund, tuée.
8 mars 1977 : Virginia Voskerichian, tuée.
17 avril 1977 : Alexander Esau et Valentina Suriani, tués.
26 juin 1977 : Judith Placido et Salvatore Lupo, blessés.
31 juillet 1977 : Stacy Moskowitz, tuée ; Robert Violante, blessé.

A partir du 17 avril 1977, le tueur au calibre 44 laisse des lettres sur les lieux de ses crimes, avant de s'adresser directement à la police et aux journaux, et plus particulièrement à Jimmy Breslin, journaliste vedette du *Daily News*. Ses missives, écrites en lettres capitales, sont signées «Mr Monster» ou «Son of Sam». En voici quelques extraits:

«Je dis au revoir et bonne nuit. Police: Que ces mots te hantent: je reviendrai! Je reviendrai! Ceci est à interpréter comme – Bang, Bang, Bang, Bang – Ugh!! Bien à vous dans le meurtre Mr Monstre.» (17 avril 1977)

«Salut depuis les caniveaux de New York, remplis d'excréments de chiens, de vomi, de vin éventé, d'urine et de sang (...) Voici quelques noms pour aider votre enquête. Transmettez-les à l'inspecteur: «Le Duc de la mort», «Les 22 Disciples de l'Enfer», «John Wheaties – violeur et étouffeur de fillettes» (1er juin 1977).

Après son dernier crime, le 30 juillet 1977, une femme qui promène son chien aperçoit un inconnu monter à bord d'une Ford Galaxie; interrogée par la police, elle affirme que le véhicule présente une contravention sur le pare-brise, peu avant l'heure du crime. L'enquête révèle l'identité de son propriétaire: David Berkowitz, qui demeure à Yonkers. Un sac rempli d'armes est visible sur la banquette arrière de la Ford lorsque des policiers contrôlent le véhicule.

Le 10 août 1977, à 22 heures, la police arrête Berkowitz alors qu'il s'apprête à monter à bord de sa voiture. L'homme sourit aux policiers et se contente d'une brève déclaration: «Eh bien, vous m'avez eu!»

Le 12 juin 1978, il est condamné à six peines de prison à perpétuité, qui équivalent à 365 années d'emprisonnement. Le Fils de Sam jouit toujours de sa notoriété et, lorsqu'on le pousse à confier les véritables motivations de ses crimes, il finit par admettre que «cette histoire de chien et de démon qui me donnait des ordres, c'est des conneries. Je voulais juste me faire passer pour un dingue lors du procès. (...) Les meurtres en eux-mêmes n'étaient pas quelque chose de plaisant: c'est après que je me sentais vraiment bien. C'est très satisfaisant de se trouver à la source même de tout ce sang.»

David Berkowitz est à l'origine de la promulgation d'une loi fédérale qui porte son nom, «Son of Sam Law». Elle permet d'interdire à tout criminel de profiter financièrement de ses forfaits. En effet, lors de la publication de l'ouvrage de Lawrence Klausner, «Son of Sam», l'éditeur McGraw-Hill avait proposé de verser 75 000 $ à l'avocat de Berkowitz pour l'utilisation des carnets et journaux intimes de l'assassin. Fort heureusement, Berkowitz n'a pas touché un centime.

La société de cosmétiques Max Factor n'eut pas plus de scrupules à se servir de la panique des New Yorkais pour lancer la campagne publicitaire d'une nouvelle crème hydratante, «Self-Defence», dont le slogan fut: «Attention! Aucun joli visage n'est à l'abri dans cette ville. Défendez-vous avec Self-Defence.»

Signalons qu'un bon téléfilm de 1985, « Un tueur dans New York » *(Out of the Darkness),* réalisé par Jud Taylor avec Martin Sheen dans le rôle de l'inspecteur Zigo, Hector Elizondo et Robert Trebor (Son of Sam), traite de l'affaire et, plus particulièrement, de l'enquête, sans oublier *Summer of Sam* le récent film de Spike Lee.

Le site internet du Fils de Sam

Converti au christianisme, Berkowitz anime depuis sa prison un incroyable site personnel (www.forgivenforlife.com) comportant un blog (cliquez sur « Personal Daily Journal ») où il donne son avis sur le massacre de Columbine, la capture de Saddam Hussein ou l'homosexualité en prison par exemple, et propose cinq interviews audio (cliquez sur « The Testimony of David Berkowitz ») ainsi qu'une vidéo de 20 mn qui retrace sa carrière criminelle. (Cliquez sur Online Video « Forgiven for Life ».)

Floride : un homme et ses 3 complices massacrent 6 personnes pour un vol de console de jeux

Parce qu'il était mécontent de s'être fait voler des vêtements et une console de jeux, un homme a engagé trois adolescents afin de poignarder et battre à mort six personnes en Floride. Les cadavres des six victimes, quatre hommes et deux femmes âgés de 18 ans à 34 ans, ont été découverts vendredi 6 août dans une maison de Deltona dont les murs étaient éclaboussés de sang.

Troy Victorino

Les quatre suspects interpellés ont été accusés de meurtre prémédité et de vol à main armée, a précisé le shériff du Comté de Volusia. Toutes les victimes ont été poignardées, mais les autopsies ont permis de déterminer que ce sont les coups de batte de baseball qui ont causé la mort.

C'est Troy Victorino, âgé de 27 ans et originaire de Deltona, qui a recruté les trois adolescents incriminés, Robert Cannon, 18 ans, d'Orange City, Jerone Hunter, 18 ans, et Michael Salas, 19 ans, tous deux de Deltona. « Le motif des meurtres est le vol de quelques vêtements et d'une console de jeux *Xbox* appartenant à Victorino », qui a déjà été condamné pour agression, a expliqué le bureau du shériff.

Deltona est une banlieue-dortoir de plus de 70 000 habitants. Ce sextuple meurtre est le plus grave qu'ait connu la Floride depuis 1990 : un homme dont la voiture avait été saisie avait alors abattu huit personnes dans un bureau de prêt de Jacksonville avant de se suicider.

9 août

Le «fracasseur de crânes» avoue ses crimes

Le vendredi 16 juillet 2004, la police du Vénézuela annonce l'arrestation d'un éboueur de Caracas suspecté de l'assassinat de dix SDF, après que les enquêteurs ont trouvé les victimes le long de son habituel circuit de travail. L'assassin présumé, Javier Ortega Rojas, 33 ans, est employé par la compagnie Fospuca et il aurait parfois agi avec 3 complices, travaillant dans la même société. Trois semaines plus tard, le suspect avoue être l'auteur de ces crimes.

Tous ces SDF ont été tués en l'espace d'un mois par celui qui a été surnommé *El triturador de craneos* (le «fracasseur de crânes») par les médias locaux car il fracasse le crâne ou la poitrine de ses victimes avec des pavés ou de grosses pierres. Parmi les victimes, «il y a 9 hommes et une femme, âgés de 27 à 44 ans», explique Henry Zerpa, chef de la brigade criminelle de Caracas. «Toutes les attaques se sont déroulées la nuit, le long du chemin emprunté par une benne à ordures.»

Les premiers corps ont été découverts en mai. Pour tenter de piéger le tueur, de nombreux policiers s'étaient déguisés en SDF.

14 août

Yoo, le tueur en série coréen, avoue avoir dévoré quatre de ses vingt-six victimes

Le dimanche 18 juillet 2004, la police de Séoul annonce la capture d'un serial killer qui se dit responsable de 26 meurtres – 21 corps ont été retrouvés sur ses indications – depuis septembre 2003. Yoo Young-chul a reconnu les assassinats et indiqué l'endroit où les corps découpés en morceaux ont été enterrés, dans une région montagneuse près de l'Université de Yonsei, à Séoul. Sur les indications du tueur, la police a pu déterrer les restes de 11 victimes jusqu'à présent.

Yoo, 33 ans, a agi de manière préméditée par haine vis-à-vis des femmes et des gens riches. Epileptique depuis l'enfance, Yoo a été arrêté le 15 juillet pour avoir violemment frappé une prostituée mais il est parvenu à s'enfuir pendant son interrogatoire. Capturé à nouveau 24 heures plus tard à la station de métro Yongdungpo, il a avoué les meurtres. Au moment de son arrestation, Yoo détenait une fausse carte de police et des menottes, des objets qui lui ont servi pour commettre ses crimes.

Les assassinats débutent le 29 septembre 2003 par un double crime, celui d'un riche couple dans le quartier de Sinsa-dong, au sud de Séoul. Le 9 octobre, c'est au tour de 3 membres d'une même famille de périr à Chongno-gu (Séoul).

En novembre, Yoo tue un homme de 71 ans à Kangnam-gu avant d'aller dans le quartier de Hyewa-dong où il assassine une riche propriétaire de 87 ans, ainsi que son employée de maison. Il met le feu à la demeure pour effacer les indices.

Yoo Young-chul

La plupart des crimes sont commis à l'heure du déjeuner ou dans l'après-midi, explique Yoo, «car les personnes âgées ne travaillent pas et les jeunes sont au travail».

Divorcé en mai 2002 pendant un séjour en prison, Yoo jure alors de se venger des femmes et des gens riches. Souffrant de troubles psychiatriques, il est persuadé qu'il mourra jeune à cause des décès par épilepsie de son père et d'un frère aîné à l'âge de 32 ans. Issu d'une famille pauvre, Yoo perd son père à l'âge de 14 ans et il est brièvement hospitalisé dans un établissement psychiatrique vers le milieu des années 90.

Yoo envisage aussi de tuer son ex-femme, qu'il a épousée en 1991 à l'âge de 21 ans et qui est masseuse dans un centre de relaxation pour hommes, mais il renonce à son projet par considération pour son fils de 11 ans. Après s'être attaqué à des gens riches, il choisit pour proies des prostituées qu'il commence à tuer en mars 2004.

Il fait de la prison pour la première fois à l'âge de 18 ans. Depuis, il est resté 11 ans derrière les barreaux pour des agressions, des cambriolages, des escroqueries et bien d'autres délits. La police a pu l'identifier grâce à des empreintes de pied sur une des scènes de crime et à plusieurs bandes vidéos enregistrées par des caméras en circuit fermé. Après sa libération de la prison de Chonju en juin 2003, Yoo demande en mariage une hôtesse de bar en novembre de la même année, mais la jeune femme repousse son offre en raison de son casier judiciaire, ce qui le rend encore plus furieux.

Pour commettre ses assassinats, Yoo se sert d'une scie, de couteaux, de marteaux, de haches et de ciseaux.

Diagnostiqué comme légèrement épileptique et souffrant de schizophrénie, Yoo a malgré tout fait preuve d'une grande maîtrise lors de ses crimes. Avant de s'attaquer à de riches personnes âgées, il prend soin d'observer longuement les lieux ainsi que les habitudes des propriétaires. Par exemple, il note les différentes portes de sortie au cas où il y aurait un problème pour fuir au plus vite. Pour se faire admettre à l'intérieur des demeures, Yoo présente une fausse carte de police qu'il a lui-même fabriquée. Il a toujours fait en sorte de ne pas laisser d'indices. C'est pour cette raison, explique-t-il, qu'il ne vole aucun objet de valeur, pas plus qu'il ne viole les victimes.

Etant sans emploi, Yoo patrouille les quartiers chauds de Séoul pour racketter les prostituées et leurs maquereaux.

Le jour même de l'arrestation de Yoo, deux fans-clubs du tueur en série ont fait leur apparition sur les portails d'accès Daum et Naver, l'un des clubs se vantant de compter déjà 240 membres: il proposait à ses membres de faire preuve d'imagination pour trouver un surnom adéquat au serial killer de Séoul. Depuis, l'accès à ces deux fans-clubs a été bloqué.

Dans l'antre du tueur

Yoo Young-chul vit dans une unique pièce située au deuxième étage d'un immeuble de Nogosan-dong, dans le district de Mapo-gu, à Séoul. Tout y est d'une grande propreté, les vêtements sont rangés avec soin et on remarque une plante en pot ainsi qu'un aquarium.

Parmi un grand nombre de cassettes VHS, 3 DVD trônent non loin de son PC, *Public Enemy, Very Bad Things* (1998) de Peter Berg et *Normal Life,* un film réalisé par John McNaughton, l'auteur du sulfureux *Henry: Portrait of a Serial Killer. Public Enemy* est un film coréen dans lequel un policier traque un serial killer. On y voit le tueur rentrer chez lui et y massacrer ses parents. Plusieurs séquences montrent le serial killer fictif cibler des personnes riches et âgées. A l'image des proies de Yoo. Dans la comédie noire *Very Bad Things,* le corps d'une prostituée est démembré à la tronçonneuse. Dans la réalité, Yoo a découpé à la scie les cadavres des «travailleuses du sexe» qu'il a fait venir chez lui.

Sur le lit de Yoo, on distingue un énorme album photo noir qui contient d'innombrables coupures de presse sur des meubles, les ordinateurs et les voitures de luxe, le tout avec des commentaires écrits dans la marge. A leur lecture, on se rend compte que Yoo est obsédé par l'idée d'emmener son fils de 11 ans en vacances sur l'île de Jeju – le prix du voyage y est même inscrit. Un peu plus loin, des pages couvertes de dessins prouvent le coup de patte de Yoo et dévoilent ses obsessions: on y voit des chanteuses, des actrices ou de simples femmes, entièrement dévêtues.

Le 14 août 2004, «Yoo reconnaît avoir mangé de la chair humaine à quatre reprises», déclare Lee Dong-ho, le procureur du District central de Séoul en charge de l'enquête. «Nous essayons de savoir s'il dit la vérité. Yoo n'a pas fait preuve du moindre remords lors des interrogatoires. Selon ses dires, il aurait mangé des organes internes pour se «rafraîchir les idées et se clarifier l'esprit».

Il aurait trouvé l'inspiration de ses crimes pendant un séjour en prison en lisant un article de magazine sur le serial killer Jeong Du-yeong, à Busan. Jeong Du-yeong a assassiné des gens riches dans les régions de Busan, Ulsan et dans le sud de la province de Gyeongsang de juin 1999 à avril 2000.

L'arrestation de Yoo arrive à un moment où la Corée envisage de débattre au Parlement de la nécessité de mettre un terme aux exécutions capitales. Après son arrestation, un sondage publié dans le journal *Chosun Iibo* démontre que 66 % des Coréens restent favorables au maintien de la peine de mort.

La police a également pris conscience de son retard en matière d'enquêtes sur les criminels sexuels. Le 1er juillet, elle a créé le Vi-CAT, ou *Violent Crime Analysis Team,* qui s'inspire du VICAP du FBI. Cette unité de policiers d'élite est composée d'experts en psychologie criminelle et elle sera chargée de mettre sur pied une équipe d'experts en profilage.

Plusieurs responsables policiers ont aussi réclamé la création d'un fichier centralisé des empreintes génétiques malgré la farouche opposition de défenseurs des droits civiques.

Le 14 décembre 2004, le tueur en série coréen Yoo Young-chul, 33 ans, qui a avoué le meurtre de 26 hommes et femmes et avait annoncé son intention de tuer plus de 100 personnes s'il ne s'était pas fait prendre, a été condamné à la peine de mort par un tribunal de Séoul. Jugé pour 21 assassinats, il a été reconnu coupable pour 20 de ces crimes.

Les serial killers coréens

Avec Yoo, la Corée du Sud n'en est pas à son premier cas de tueur en série. En 1975, un homme du nom de Kim Dae-doo a tué 17 personnes, avant d'être exécuté l'année suivante. Entre septembre 1986 et avril 1991, 10 femmes ont été violées et assassinées à Hwaseong, dans la province de Gyeonggi, un cas jamais élucidé à ce jour et qui est magnifiquement illustré au cinéma dans le film *Memories of Murder*. En 1994, deux gangs différents ont kidnappé et assassiné 11 personnes, sans le moindre mobile apparent. Plus récemment, Jeong Doo-yeong a tué 9 personnes aisées dans la province du sud Gyeongsang. Enfin, Séoul connaît depuis le début de l'année une série de meurtres de femmes à l'arme blanche lors de jeudis pluvieux dont le responsable a été surnommé le *Rainy Thursday Murderer*.

16 août

Malaisie : une Américaine est sacrifiée à la déesse Kali afin d'obtenir les numéros gagnants du Loto

La cour d'Ipoh, une ville située à 150 kilomètres au nord de Kuala Lumpur, a acquitté trois Malaisiens accusés d'avoir commis un meurtre rituel à l'encontre d'une Américaine, Bushell Ahmad, dont le corps a été découvert en juin 2001. Le but du rituel ? Obtenir les faveurs de la déesse Kali pour avoir les numéros gagnants au Loto.

Ramasamy Planiappan, 39 ans, Michael Anthonysamy, 37 ans et Christopher Earthiam, 31 ans, ont bénéficié des témoignages contradictoires de l'accusation. Un quatrième homme, le médium hindou Shanmugavala Shanmuga, décédé dans un accident automobile en 2001, aurait participé au meurtre par strangulation de Bushell Ahmad le 9 novembre 1999.

C'est le frère de Shanmugavala qui a guidé les enquêteurs jusqu'au cadavre de la jeune femme dont les jambes étaient liées par une corde de nylon. Les os de ses mains et de ses pieds ont été retrouvés un peu plus loin, ce démembrement faisant partie du cérémonial magique afin d'obtenir les bonnes grâces de la déesse.

20 août

Le tueur en série de Cassibile (Italie) tue pour la huitième fois depuis 1997

Le tueur en série de Cassibile, une cité des environs de Syracuse en Sicile, a frappé une nouvelle fois depuis qu'il a débuté son règne de terreur il y a 7 ans. Giuseppe Spada, un marchand de fruits ambulant de 47 ans, est sa huitième victime. Mercredi 18 juillet, il était debout près de son camion en dehors de la ville lorsqu'il a été abattu à quelques mètres de distance.

La police a tout d'abord pensé à un crime mafieux car Spada venait d'être libéré de prison une semaine plus tôt. Escroc à la petite semaine, dealer à l'occasion et maître chanteur, il collectionne les condamnations depuis une dizaine d'années.

Une douille retrouvée près du corps est similaire aux autres indices retrouvés lors des assassinats précédents du serial sniper qui utilise presque toujours un fusil à canon scié.

Au contraire de Giuseppe Spada, toutes les victimes précédentes étaient des citoyens ordinaires, sans aucun passé criminel. On compte plusieurs retraités et une jeune femme, ouvrière agricole. Il n'y a aucun mobile identifiable pour ces attaques. Les victimes sont tuées alors qu'elles se reposent sur le perron de leur habitation ou dans leur jardin. Le 30 juillet 2003, Sebastiano Tine, 65 ans, et Giuseppa Spadaro, son épouse de 58 ans, sont les dernières victimes connues du mystérieux tueur qui a également blessé leur fille.

24 août

Du nouveau dans l'affaire de l'Etrangleur de Boston?

Plusieurs avocats de la famille d'Albert DeSalvo, le supposé Etrangleur de Boston, et de la victime Mary Sullivan ont saisi l'*attorney general* Tom Reilly après ses déclarations récentes affirmant que les investigations «ne sont plus actives». Ces deux familles demandent que les différentes traces récupérées sur les scènes de crime puissent faire l'objet d'analyses génétiques. Le bureau de Tom Reilly a indiqué que l'affaire restait non classée, même si elle était dans une «impasse».

Diane Dodd, sœur de Mary Sullivan avec son fils Casey Sherman. (D.R.)

Dans un récent ouvrage, «A Rose for Mary», Casey Sherman, le neveu de la victime Mary Sullivan, suggère que l'enquête a «oublié» un suspect très important qui vit dans le New Hampshire et que DeSalvo a reconnu les crimes par pure vanité et mégalomanie, car ses soi-disant aveux seraient truffés d'erreurs. Un autre livre publié en 1995 par Susan Kelly, *The Boston Stranglers – The Public Conviction of Albert DeSalvo and the True Story of Eleven Shocking Murders,* affirme l'existence de plusieurs étrangleurs, dont George Nassar, un meurtrier psychopathe, voisin de cellule de DeSalvo.

Pour certains policiers de l'époque des crimes, George Nassar serait en fait le véritable Etrangleur de Boston, s'abritant derrière DeSalvo. En ce qui concerne les dates, Nassar a été remis en liberté en 1961 et il aurait donc pu commettre les meurtres. De l'avis des psychiatres qui ont interrogé les deux hommes dans l'établissement psychiatrique de Bridgewater, il présente un profil psychologique beaucoup plus proche de l'Etrangleur supposé que DeSalvo.

Sans remords et dépourvu de scrupules, Nassar n'a pas hésité à tirer six balles sur une victime qu'il avait déjà mortellement blessée d'un coup de couteau dans le dos. Doté du quotient intellectuel très élevé de 150 (à titre d'exemple, celui de DeSalvo est de 97) et d'une grande force musculaire, il souffre d'une psychose paranoïde-schizoïde. Selon cette hypothèse, George Nassar aurait donné tous les détails des crimes à DeSalvo, afin que les deux hommes puissent se partager la récompense de plus de cent mille dollars offerte par les autorités du Massachusetts. Autre élément troublant, une serveuse allemande, seule survivante d'une des attaques de l'Etrangleur, ne reconnaît pas Albert DeSalvo alors que le visage de George Nassar lui semble «familier», d'après le terme exact du rapport d'enquête.

Un complot entre Nassar et DeSalvo?

Cependant, cette hypothèse de Nassar en tant qu'Etrangleur de Boston et se servant de DeSalvo comme «pigeon» paraît fort peu probable pour plusieurs raisons. Car DeSalvo n'a pas attendu la venue de Nassar à Bridgewater pour distiller des insinuations quant à sa culpabilité. Un avocat, un juge, un médecin, plusieurs détenus et gardiens de Bridgewater ont tenu des propos plus ou moins voilés sur le sujet. La personnalité même de DeSalvo, un individualiste forcené qui, selon ses propres dires, «n'a jamais fait confiance à quiconque de toute son existence», se prête mal à un complot de ce type. Quelle garantie pouvait-il avoir que George Nassar lui donnerait bien sa part de la récompense, une fois les crimes avoués?

DeSalvo sait que Nassar est un criminel endurci et un psychopathe, en somme un individu auquel il est difficile d'accorder la moindre confiance. Si Nassar avait voulu dénoncer DeSalvo, il lui aurait suffi de prévenir la police, ce qui aurait été bien plus simple. Après les aveux de DeSalvo, il paraît important de souligner que George Nassar n'a jamais demandé à toucher la moindre récompense pour son action dans cette affaire. Ensuite, les enquêteurs n'ont jamais pu trouver la moindre preuve physique ni un indice reliant Nassar aux divers assassinats. Enfin, comment imaginer que DeSalvo puisse emmagasiner une telle profusion de détails – extrêmement précis – sur les différents crimes soi-disant commis par Nassar. Un exemple? Voici comment DeSalvo raconte le meurtre d'Anna Selsers en 1962:

«Cela m'arrive brusquement, sans crier gare. Je me lève le matin et je sais que je suis possédé. Je dis à ma femme que je vais travailler, mais ce n'est pas vrai. Je ne cherche pas quelqu'un de spécifique – juste une femme, l'image de la Femme. Simplement une femme pour assouvir mes besoins sexuels.»

«Ce jour-là, pour la première, je crois que nous étions à l'été 1962 et qu'il pleuvait, parce que je me souviens d'avoir eu mon imperméable avec moi.

J'indique à mon épouse que je vais pêcher. Je prends ma canne et un filet alourdi par des morceaux de tuyaux de plomb – je me suis servi d'un de ces tuyaux sur cette femme... J'étais dans le quartier de Back Bay. Je ne sais pas pourquoi. Je conduis au hasard, sentant la pression monter en moi, et quand elle fut trop forte, au point que je ne pouvais plus me retenir, je gare la voiture. C'était près de l'Université de Northeastern, sur la rue qui mène au YMCA. Je trouve une place en face de l'église, avant de revenir en arrière, vers un groupe d'immeubles d'habitation en briques. Il y a quatre ou cinq marches de pierre devant l'entrée du n° 77. Je dois savoir ce que je dois faire, car le plomb se trouve dans la poche de mon imperméable lorsque je suis entré dans son immeuble.»

« J'ai frappé à la porte de l'appartement 3 F. Une femme vêtue d'une robe de flanelle bleue m'a ouvert. Comme la plupart des autres, elle avait peur au départ, mais je n'ai pas la langue dans ma poche et j'agis comme si cela m'était complètement égal qu'elle me fasse entrer ou non. Je parle très vite et, quelquefois, elles ne comprennent pas très bien ce que je dis. Je l'ai fait à des centaines de femmes. Presque toutes m'ont fait entrer chez elles.»

«Je viens pour les travaux.»

«Elle m'a fait entrer chez elle. A gauche, il y a la cuisine puis, trois mètres après un petit hall, la salle de bains. La lumière y est allumée. Je remarque une machine à coudre, de couleur marron. Une fenêtre avec des rideaux, un divan, un tourne-disques. La salle de bains est peinte en jaune, et elle se préparait à prendre un bain, car la baignoire est remplie. On entend de la musique, une symphonie ou un truc de ce genre. Par la suite, j'ai éteint la musique. Elle me précède pour me montrer la salle de bains et les travaux à effectuer. Lorsque je constate qu'elle me tourne le dos, je la frappe à la tête avec le tuyau de plomb. Elle tombe. Je la rattrape par le cou et nous tombons tous les deux par terre. Je suis couvert de son sang. Je me lève pour lui retirer sa robe. Avec sa ceinture bleue je lui entoure la gorge à deux reprises – en serrant très fort – puis, je fais un nœud que je laisse tel quel.»

«Je crois qu'elle est encore vivante quand je la baise.»

«Je regarde autour de moi, et je suis très en colère, tout en ne sachant pas pourquoi.»

«Je me nettoie dans la salle de bains, et je me rends compte que je porte des gants. Ma chemise et ma veste sont tachées de son sang. Après les avoir enlevées, je m'empare d'un imperméable dans sa penderie et je l'enfile. Les manches sont trop courtes pour ma taille. Je vois un billet de vingt dollars sur une étagère et je le prends. C'est la seule fois où j'ai pris de l'argent. Avant de quitter les lieux, je fais un paquet de mes vêtements ensanglantés. Une fois dehors, la première chose que je vois est un flic. Il me dépasse en me jetant un bref coup d'œil. Je me dirige vers ma voiture. Un peu plus loin, je remarque une boutique de surplus de l'armée. Je défais son imperméable que je laisse dans la voiture. Je m'achète une chemise blanche que j'enfile dans le magasin.»

Comme on peut le constater, les confessions de DeSalvo sont très précises et coïncident presque toujours avec les constatations effectuées par les enquêteurs sur les différentes scènes de crime.

26 août

Une Australienne tue son enfant après avoir entendu une voix lui disant qu'il était Jack l'Eventreur

Une Australienne qui a tué son fils âgé de deux ans après avoir entendu une voix lui disant qu'il était Jack l'Eventreur va être emprisonnée pendant 25 ans dans un hôpital psychiatrique de haute sécurité. Le 26 août, Adele Stuart, 38 ans, a plaidé non coupable, ce qu'a accepté le jury en raison de son état mental au moment du meurtre. Selon le procureur Mark Gamble, la jeune femme souffrait de schizophrénie paranoïde.

La police a découvert le corps de l'enfant, Shaun Clancy, sur le seuil de l'appartement d'Adele Stuart en 2003. L'enfant était nu et présentait des ecchymoses et des écorchures sur le corps. Sa mère a déclaré ultérieurement à un psychiatre qu'elle avait entendu une voix lui disant que l'enfant était Jack l'Eventreur et qu'elle devait le tuer avant qu'il ne la tue, a expliqué Mark Gamble.

Un examen pratiqué après le décès a montré que l'enfant avait ingéré un médicament antipsychotique utilisé par Adele Stuart.

28 août

L'ADN pour identifier un tueur en série qui a sévi entre 1934 et 1940

En 1934, le Boucher fou de Kingsbury Run démarre sa série criminelle de meurtres accompagnés de mutilations sexuelles. 68 ans plus tard, le 23 septembre 2003, le quotidien local *Cleveland Plain Dealer* annonce qu'une tentative va être effectuée pour analyser l'ADN de cinq cartes postales envoyées par un suspect dans les années 50 à l'ancien directeur de la police de Cleveland, le célèbre Eliot Ness des «Incorruptibles». Pour parvenir à ses fins, le coroner Elizabeth Baraj va devoir découper un coin du timbre à deux cents pour tenter de tester la salive de l'individu qui a posté les cartes.

Depuis longtemps, on suppose que l'auteur de ces missives est le docteur Francis Sweeney, un chirurgien de Cleveland, qui a été interné à Dayton, dans l'Ohio. Malheureusement, près d'un an après – le 28 août 2004 – les analyses n'ont toujours pas eu lieu, car le conservateur du musée – qui détient ces pièces – craint, à juste raison, qu'elles ne soient irrémédiablement endommagées.

Le rappel des faits

Le ravin connu sous le nom de Kingsbury Run est comme une cicatrice qui défigure *dowtown* Cleveland, la partie basse de la ville. Profonde de vingt mètres à divers endroits, cette ancienne rivière asséchée est traversée par une trentaine de rails de chemins de fer reliant les usines locales à des cités telles que Pittsburgh, Chicago ou Youngstown. Pendant la Dépression, Kingsbury Run sert de refuge aux innombrables camps de chômeurs et de clochards, ainsi que de terrain de jeux pour les enfants. Vers la fin des années 30, ce lieu devient également le point central d'un des plus célèbres *murder mysteries* des annales criminelles américaines.

Tout débute le 5 septembre 1934 lorsqu'un promeneur découvre la partie inférieure d'un torse de femme, enterré dans le sable de la plage d'Euclid, à douze kilomètres de *downtown* Cleveland. Les jambes sont coupées à hauteur des genoux et la peau décolorée par l'application d'un préservateur chimique. Elle ne correspond à aucune des femmes disparues de Cleveland et son identité reste un mystère à ce jour. Par la suite, la police refusera de l'inclure dans la liste des victimes du Boucher fou de Cleveland, aussi connu sous le surnom de *Mad Butcher of Kingsbury Run.*

Un an plus tard, le 23 septembre 1935, des enfants qui jouent trouvent les corps décapités de deux hommes nus, exception faite de chaussettes pour le plus jeune. Ils sont tous deux émasculés et les têtes reposent non loin des corps. Le plus vieux est décédé cinq jours avant son compagnon ; sa peau possède une teinte rougeâtre causée par un produit chimique. Le plus jeune est identifié comme étant Edward Andrassy, 29 ans, un ancien taulard bisexuel au casier judiciaire très chargé. Le médecin légiste attribue la cause du décès à leur décapitation.

Le 26 janvier 1936, un boucher de Cleveland remarque un « tas de viande dans un panier », à l'arrière de sa boutique. Il s'étonne d'y découvrir deux cuisses humaines, un bras et la portion inférieure d'un torse de femme. La portion supérieure du torse, les jambes et le bras manquants sont retrouvés le 7 février derrière un édifice à l'abandon, à quelques pâtés de maisons de là. Les empreintes digitales sont celles de Florence Polillo, une prostituée de quarante et un ans ; sa tête ne sera jamais retrouvée.

Quatre mois plus tard, le 5 juin, deux garçons tombent sur une tête d'homme coupée dans Kingsbury Run, à moins de deux kilomètres de l'endroit où les cadavres d'Andrassy et de son compagnon ont été découverts. Le lendemain, des employés du chemin de fer trébuchent sur un corps, dont les nombreux tatouages ne permettent cependant pas une identification.

Le 22 juillet 1936, on trouve le cadavre nu, décomposé et sans tête d'un homme qui restera à jamais inconnu ; c'est la seule victime à avoir été tuée sur place. Le 10 septembre 1936, un clochard dégotte certaines parties d'un corps démembré.

Dans un étang d'eau stagnante du Kingsbury Run, les plongeurs de la police repêchent un torse coupé en deux, les cuisses et la partie inférieure des jambes d'un homme : la tête, les bras et les parties génitales manquent. Apparemment, la décapitation n'est pas la cause du décès mais les médecins légistes sont incapables d'en déterminer la cause exacte.

Après cette septième victime, la police estime qu'elle est aux prises avec un seul tueur en série et confie l'affaire aux enquêteurs Peter Merylo et Martin Zalewski. Le 23 février 1937, la partie supérieure d'un torse de femme est trouvée enfouie dans le sable de la plage d'Euclid, presque au même endroit que celui de septembre 1934. L'autre moitié est récupérée le 5 mai, dans le lac Erié, près de East 30th Street ; la tête, les bras et les jambes manquent à l'appel.

Le 6 juin, le squelette d'une femme noire – à qui il manque une côte, les bras et les jambes – est découvert décapité sous le pont de Lorain Carnegie Bridge, à Kingsbury Run. Pour le coroner Samuel Gerber, la mort remonte aux premiers jours de juin 1936. En avril 1938, le fils de Rose Wallace identifie les restes de sa mère sur la base de soins dentaires. Mais celle-ci avait disparu en août 1936, deux mois après la date estimée de sa mort ; son dentiste de Cincinnati est aussi décédé et ses fiches détruites, ce qui rend impossible une identification définitive.

Le 7 juillet, la portion inférieure du torse d'un homme est aperçue, flottant dans la Cuyahoga River, sous le pont de la Troisième Rue. Les jours suivants, la police repêche d'autres parties du corps, sauf la tête. La victime, ici aussi, n'a jamais été identifiée à ce jour.

Le 8 avril 1938, une jambe gauche de femme est repêchée dans la Cuyahoga. Le 2 mai, d'autres parties sont retrouvées, chacune enveloppée dans de la toile d'emballage. La tête, la jambe droite et les bras sont introuvables. Les dernières victimes « officielles » – un homme et une femme –, tuées à des moments différents, sont trouvées le 16 août 1938 dans une décharge publique, près du lac. L'inconnu a dû mourir entre décembre 1937 et février 1938 ; la femme, elle, a été découpée en neuf morceaux dont tous sont présents. La tête de l'homme manque, ainsi que les mains et les pieds.

En janvier 1939, le *Cleveland Press* publie la lettre suivante, postée à Los Angeles :

Au Chef de la Police Matowitz,

Vous pouvez dormir sur vos deux oreilles, car je suis parti pour passer l'hiver au soleil de Californie. Ça m'a fait mal au cœur de devoir opérer ces personnes mais la science se doit de progresser. Je vais stupéfier le monde médical.

Leurs vies n'ont-elles pas peu d'importance en regard des centaines de gens malades qui souffrent ? Juste des spécimens de laboratoires que l'on trouve à n'importe quel coin de rue. Personne ne les regretta, lorsque mes expériences échouèrent. Mon dernier cas fut une réussite. Je sais maintenant ce qu'ont éprouvé Pasteur, Thoreau et les autres pionniers.

En ce moment, j'ai un volontaire qui va prouver le bien-fondé de ma théorie. On me dit fou et boucher, mais la vérité éclatera un jour.

J'ai manqué mon premier coup ici. Le corps n'a pas été découvert et ne le sera jamais, mais la tête est enterrée sur Century Boulevard, entre Western et Crenshaw. J'ai le sentiment qu'il est de mon devoir de me débarrasser ainsi des corps. C'est la volonté de Dieu de ne pas les faire souffrir.

« X »

Aucune tête coupée n'est trouvée à Los Angeles et l'enquête connaît un rebondissement à Cleveland, le 5 juillet 1939. Des adjoints du shérif arrêtent un Slave de 52 ans, Frank Dolezal, qui est soumis à un interrogatoire musclé. Dolezal finit par admettre qu'il a assassiné Andrassy et Polillo, se trompant sur de nombreux détails qui seront « rectifiés » dans des « confessions » ultérieures.

Il se rétracte par la suite, accusant les enquêteurs d'avoir utilisé la force ; les taches découvertes dans l'appartement du suspect se révèlent être le sang d'un animal. Le 24 août, Frank Dolezal « se pend » dans sa cellule, son corps est retrouvé suspendu à un crochet mural situé à une hauteur plus basse que ne l'était sa taille. L'autopsie montre qu'il a quatre côtes cassées. Actuellement, personne ne le considère plus comme un suspect sérieux de l'affaire.

Le 3 mai 1940, trois cadavres d'hommes sont découverts dans des wagons abandonnés de la gare de McKee Rocks, en Pennsylvanie, tout près de Pittsburgh. Tous trois sont décapités et on n'a pas trouvé trace des têtes ; l'un des trois est intact, tandis que les deux autres ont été disséqués à hauteur des hanches et des épaules. Les hommes ont été tués sur place, trois à six mois plus tôt. Les cadavres sont brûlés. La victime la plus « complète » est identifiée comme étant James Nicholson, trente ans, un ancien taulard homosexuel du Wisconsin. Le tueur a taillé le mot «NAZI» sur la poitrine de Nicholson, inversant le «Z» volontairement ou par erreur. La police met ces crimes sur le compte du Boucher de Cleveland, retraçant le lieu probable des meurtres comme étant Youngstown, dans l'Ohio, pendant le mois de décembre 1939.

Dix ans plus tard, le 23 juillet 1950, le corps décapité, émasculé et démembré d'un homme est découvert à quelques kilomètres de Kingsbury Run; la tête, retrouvée quatre jours plus tard, permet d'identifier la victime, un certain Robert Robertson. Le coroner Samuel Gerber, responsable des enquêtes sur la plupart des victimes du Boucher, affirme que «le mode opératoire ressemble exactement à celui du meurtrier aux torses».

Pour nous résumer, il est évident que le chasseur de têtes assassine au moins seize personnes entre 1934 et 1939. Il a peut-être tué Robert Robertson, en 1950, et est probablement responsable d'une série de cinq décapitations entre 1925 et 1939, dans les environs de la ville de New Castle, en Pennsylvanie. Ces victimes inconnues sont retrouvées tout près des lignes de chemin de fer desservant les villes de Cleveland et de Youngstown. On suspecta aussi un moment le Boucher de Cleveland d'avoir assassiné Elizabeth Short, le célèbre «Dahlia noir», en 1947, à Los Angeles.

A cette époque, Eliot Ness a quitté Chicago et ses fameux Incorruptibles pour nettoyer Cleveland de la corruption. Etant donné les difficultés rencontrées dans l'enquête sur le *Mad Butcher,* on fait appel à ses services. 1938 est une triste année pour Eliot Ness. Il assiste impuissant à la désintégration de son mariage de neuf ans avec Edna Staley qui demande le divorce. La presse l'accuse d'activités antisyndicales et d'inefficacité dans l'enquête sur les crimes du Boucher. Mais son image de marque resplendit à nouveau le 26 avril 1939 lorsqu'il fait inculper 23 gangsters du gang de Mayfield Road. Les journaux parlent fréquemment des virées nocturnes de Ness dans les night-clubs et de sa relation avec un ex-mannequin de 27 ans, Evaline McAndrew, qu'il épouse le 14 octobre 1939.

En 1940, Eliot Ness a gagné la bataille de Cleveland, tout en connaissant un échec cinglant dans sa tentative d'identifier le Boucher de Cleveland, malgré ses assertions et celle de son biographe, Oscar Fraley. Dans «Quatre contre la pègre», Fraley et Ness prétendent que Ness identifia le Boucher en 1938. Désigné sous le pseudonyme de «Gaylord Sundheim», le suspect est décrit comme un étudiant en médecine homosexuel, membre d'une riche famille de Cleveland.

Interrogé par Ness, en automne 1938, «Sundheim» échappe à la justice en se faisant volontairement interner dans un asile, où il décède en 1940 ou 1941.

Pendant son internement, le Boucher tourmente Ness en lui envoyant constamment des lettres obscènes de menace.

A première vue, l'hypothèse semble plausible, puisque ces missives anonymes furent conservées par Ness et peuvent être consultées dans les archives de Cleveland. Mais les problèmes restent nombreux.

Pourquoi les experts insistent-ils pour inclure les trois victimes du wagon parmi les victimes du Boucher, alors que « Gaylord Sundheim » est sous les verrous depuis plus d'un an ? Si Ness est aussi certain de la culpabilité de son suspect, pourquoi laisse-t-il les policiers tabasser (et peut-être tuer) Frank Dolezal, en 1939 ? Si le cas a été résolu en 1938, pourquoi l'enquêteur Peter Merylo traque-t-il encore le Boucher après sa retraite, affirmant que celui-ci a tué cinquante personnes de 1925 à 1947 ?

Septembre

3 septembre

Le Vampire du Kansas est condamné à la prison à perpétuité

Les jurés d'un procès de Kansas City ont délibéré à peine une heure pour déclarer Marc Sappington, 25 ans, coupable de meurtre, de kidnapping et de cambriolage aggravé. Trois semaines plus tard, il est condamné à la prison à perpétuité sans possibilité de libération conditionnelle.

Lorsqu'il prend du PCP (de l'acide), Sappington affirme, pour sa défense, que des voix dans sa tête lui ont ordonné de tuer Terry Green, 25 ans, Michael Weaver Jr., 22 ans, et Alton Fred Brown Jr., 16 ans. Les trois hommes sont assassinés en l'espace de quatre jours en avril 2001.

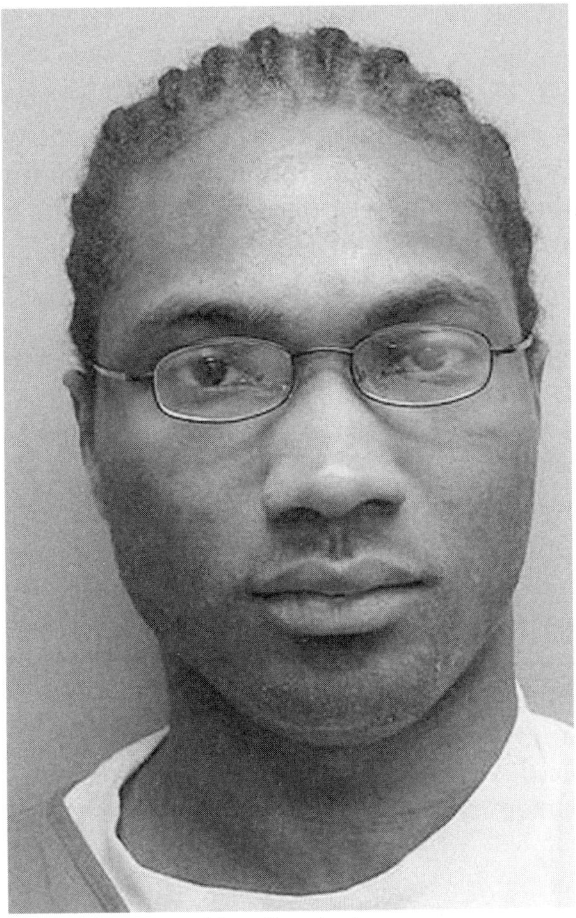

Marc Sappington

Dans une confession filmée en avril 2001, Sappington parle de l'assassinat de Green dont le corps est abandonné dans un véhicule; les voix lui auraient ordonné de poignarder à mort Weaver et d'abattre Brown d'une balle dans le dos.

Ces mêmes voix lui déclarent qu'il doit démembrer le cadavre de Brown, boire son sang et manger sa chair s'il veut rester en vie. Il cuit des morceaux du corps de Brown et dévore en partie une jambe.

L'avocat de Sappington a mentionné que la famille de son client a un passé émaillé de troubles psychiatriques: sa mère souffre de schizophrénie et Marc en présente les symptômes dès l'âge de 16 ans.

Mais, pour le procureur, c'est l'addiction de Sappington au PCP – il en prend chaque jour pendant les mois qui précédent les 3 meurtres – qui lui fait entendre des voix. Il ne souffrirait absolument pas de troubles psychiatriques, ce qui est confirmé par plusieurs expertises.

10 septembre

Il séquestre et torture sa compagne pendant 3 ans

A Munich, la police a arrêté un homme de 27 ans, originaire de Macédoine, qui séquestrait et torturait depuis trois ans sa compagne dans leur appartement. Elle n'était autorisée à quitter le domicile qu'en sa compagnie, et uniquement pour aller retirer de l'argent à la banque.

L'homme battait sa compagne à l'aide d'un bâton et lui infligeait des blessures au couteau. Elle avait fini par accepter son sort et par cesser de lui résister.

La maltraitance a pris fin par hasard. Un jour où l'homme avait oublié son téléphone portable dans l'appartement, sa compagne a prévenu la police qui a dû enfoncer la porte pour la délivrer. Un médecin a constaté sur la victime un traumatisme crânien ainsi que de nombreuses plaies et des hématomes. Elle a été placée, avec sa fille de trois ans, dans un foyer pour femmes.

Un présumé tueur en série français, condamné à 30 ans de réclusion, se suicide à Metz

Un détenu de 42 ans qui purgeait une peine de 30 ans d'emprisonnement s'est suicidé dans la nuit du 10 au 11 septembre dans sa cellule de la prison de Metz. Condamné par les assises de la Moselle à 30 ans de réclusion criminelle, dont une peine de sûreté des deux tiers, pour deux meurtres et une tentative de meurtre, José Paul a été retrouvé pendu avec sa ceinture aux barreaux de sa fenêtre, au quartier d'isolement de la prison.

Le détenu avait été reconnu coupable des meurtres, commis à un mois d'intervalle fin 1999, de deux hommes apparemment inconnus de lui sur les rives de la rivière Seille à Metz. Il avait également été condamné pour avoir blessé de onze coups de couteau une femme à Verdun en 1994, ainsi que pour une agression au couteau contre un autre homme, le compagnon de beuverie de l'une de ses deux victimes. Il devait être rejugé prochainement en appel devant les assises de la Meurthe-et-Moselle à Nancy.

11 septembre

Les Vampires de Téhéran *ont violé, torturé et tué 21 enfants*

La police iranienne a arrêté deux hommes, Mohammad Bijeh et son complice présumé Ali Baghi, qui ont violé, torturé et assassiné jusqu'à 21 enfants avant de se débarrasser sauvagement de leurs cadavres. Les journaux parlent d'eux comme des «hyènes» ou des «vampires du désert de Téhéran», où ils sévissaient, s'en prenant de préférence à de petits immigrés clandestins dont les parents hésitaient à aller dénoncer la disparition à la police.

Mohammad Bijeh

Le journal *Hamvatan Salam* impute à Mohammad et son complice Ali 8 meurtres d'enfants de 9 à 11 ans, le quotidien de la télévision d'Etat *Jam-e Jam* 15 victimes dont 9 enfants. Mais le sérieux quotidien gouvernemental *Iran* fait état de 21 garçons, deux hommes et une prostituée assassinés depuis un an.

Mohammad et Ali, 25 ans, salariés dans une briqueterie, enlevaient les enfants dans le désert au sud de la capitale en leur faisant croire qu'ils allaient dénicher des lapins ou des renards. Puis ils les assommaient à coups de pierre, abusaient d'eux, leur infligeaient des sévices et leur fracassaient la tête.

Ils jetaient les dépouilles dans un trou ou sur un chantier, sacrifiant à proximité un chat ou un chien afin que le voisinage ne soit pas alerté par les odeurs de putréfaction des corps. Ou bien ils les brûlaient et les enterraient.

Selon le journal *Etemad,* la police a remonté la piste des deux criminels après avoir retrouvé, il y a environ un mois, deux enfants presque agonisants. L'un est toujours dans le coma, mais l'autre, tiré d'affaire, a parlé. Ali a été arrêté le premier et a fini par avouer. Il a assuré avoir agi seul, mais quand il a été présenté à sa victime miraculée, cette dernière a déclaré avoir été maltraitée par un autre homme.

Le 5 septembre, la police a arrêté Mohammad qui épiait aux jumelles

Mohammad Bijeh

des enfants en train de nager.

Le soir du 8 septembre, les deux criminels ont mené les enquêteurs sur les lieux de leur dernier méfait. Un bulldozer a mis au jour les corps carbonisés de Milad Aminpour, Kayvan Khrosravi et Ahmad Azimi. Mohammad et Ali les avaient kidnappés alors qu'ils jouaient au football.

La même nuit du 8 a été exhumé dans un poulailler industriel Sajjad Sotoudeh, tué il y a un an, et, dans les 48 heures suivantes, six dépouilles non identifiées.

«On a abusé de moi, j'ai été maltraité quand j'étais enfant, ma belle-mère n'arrêtait pas de me battre, j'ai toujours voulu me venger de la société, j'étais jaloux des enfants et je voulais qu'ils soient aussi malheureux que je l'avais été», a expliqué Mohammad Bijeh cité par les journaux. Ali a fourni un plaidoyer similaire. «Voir le sang me

Pendaison en Iran.

Mohammad Bijeh est fouetté en place publique.

mettait dans un état euphorique», a déclaré Mohammad selon *Jam-e Jam*.

Les deux hommes avaient fait serment de ne pas se dénoncer si l'un était pris. Mohammad est présenté comme le meneur. «Je faisais ce qu'il voulait, j'avais peur qu'il me tue», a déclaré Ali cité par *Etemad*. Mohammad Bijeh projetait en effet de se débarrasser de son complice, selon les journaux.

Le 16 mars 2005, Mohammad Bijeh est exécuté en place publique devant une foule en liesse. Après avoir été fouetté, attaché à un poteau, il a été pendu au bras d'une grue.

14 septembre

Le Japon exécute l'assassin de huit enfants

Le Japon a exécuté mardi un tueur de masse, condamné à la peine de mort pour le meurtre de huit enfants lors de l'attaque au couteau d'une école de l'ouest du pays en 2001. Mamoru Takuma a été reconnu coupable d'avoir fait irruption dans une salle de classe et d'avoir sauvagement tailladé des enfants, lors d'une attaque qui bouleversa le Japon et déclencha d'importantes mesures de sécurité aux abords des écoles primaires. Depuis, des attaques similaires se sont déroulées dans de nombreuses écoles du pays, ainsi qu'en Chine.

Mamoru Takuma

Le ministère de la Justice a confirmé avoir exécuté deux prisonniers mais refuse de divulguer leur identité. Le noms des criminels exécutés ne sont jamais rendus publics au Japon et les exécutions ne sont jamais annoncées.

Sept fillettes et un garçon, âgés de six à huit ans, avaient péri en juin 2001 et 13 autres enfants ainsi que deux enseignants avaient été blessés. Ce multiple meurtre fut l'attaque la plus meurtrière au Japon depuis celle au gaz sarin dans le métro de Tokyo en 1995.

En 1993, le gouvernement japonais a décidé de lever le moratoire vieux de quatre ans concernant les exécutions capitales. Mais jusqu'en 1998, il s'est refusé à reconnaître publiquement les exécutions auxquelles il procédait.

17 septembre

Markus, 15 ans, assassine ses grands-parents par vengeance et par haine

Basse-Saxe (Nord de l'Allemagne) – Le 27 mars 2004 vers 20 heures, Markus, 15 ans, se faufile dans la maison de ses grands-parents, Henriette, 65 ans, qui souffre d'un léger handicap moteur, et Josef, 69 ans, avec la ferme intention de les tuer. «De les abattre de la façon la plus brutale qui soit», a estimé le juge lors du procès de l'adolescent qui s'est achevé le 17 septembre.

Markus bat à mort son grand-père à l'aide d'une batte de base-ball en acier qu'il a confectionnée lui-même. Puis il étrangle sa grand-mère, qui regarde la télévision sur le canapé du salon, avec un câble. Henriette et Josef montrant encore des signes de vie, il les achève en les égorgeant à l'aide d'un couteau qu'il est allé chercher dans la cuisine.

Le jeune homme a été condamné à neuf ans de prison pour mineurs; il encourait une peine maximale de dix ans. Le tribunal de Hildesheim n'a pas tenu compte du fait qu'il est atteint du syndrome d'hyperactivité de l'enfant.

Markus a passé des aveux complets. Il avait deux complices, qui ne l'ont pas dénoncé alors qu'il annonçait qu'il partait commettre ce double meurtre. Il s'agit de sa fiancée, âgée de 18 ans – les fiançailles ont eu lieu juste après le drame – qui a écopé de deux ans avec sursis, et de son cousin de 17 ans qui a été condamné à un an avec sursis.

L'accusé a expliqué qu'il avait lu le journal intime de sa sœur Lena, 11 ans, qui s'y serait plainte d'avoir été victime d'un abus sexuel de la part de son grand-père. Celui-ci, un tyran d'après l'avocat de la défense, faisait l'objet d'une enquête à ce propos depuis janvier 2004. Markus a ajouté qu'il avait décidé de tuer également sa grand-mère qui aurait assisté au viol sans réagir.

Le juge a reproché au jeune accusé d'avoir prémédité son acte, «brutal, terrifiant et repoussant». Il a tout simplement «exécuté» ses grands-parents «sans leur laisser la moindre chance de s'en tirer».

26 septembre

The Riverman, *un film sur Ted Bundy et le* **Green River Killer,** *basé sur les souvenirs du profiler Robert Keppel*

The Riverman, un téléfilm diffusé le 26 septembre, a été réalisé par Bill Eagles; le scénario de Tom Towler est basé sur l'ouvrage du même nom de

Robert Keppel où le célèbre profiler raconte comment il est allé interroger le tueur en série Ted Bundy. Ce dernier avait proposé son aide pour capturer le *Green River Killer,* un serial killer de prostituées à l'œuvre à Seattle depuis 1982. Le film retrace les interrogatoires de Bundy qui est alors en attente d'être exécuté dans la prison de Starke en Floride.

C'est Bruce Greenwood qui interprète Robert Keppel dont l'épouse est jouée par Kathleen Quinlan, tandis que le rôle de Ted Bundy échoit à Cary Elwes.

Gary Ridgway

Les faits

L'année 1984 est l'une des plus prolifiques en nombre de victimes pour le *Green River Killer* et, le 1er octobre, Ted Bundy, un célèbre serial killer tueur de femmes qui se trouve dans le Couloir de la mort de la prison de Starke, écrit aux enquêteurs de la *Task Force* à Seattle pour proposer ses services. Le policier Robert Keppel, qui a travaillé sur les crimes de Ted Bundy et du *Green River Killer,* décide de lui répondre, avant de lui rendre visite à plusieurs reprises dans les années qui suivent. Il a consigné ces entretiens dans un ouvrage, «The Riverman – Ted Bundy and I Search for the Green River Killer» («L'Homme du Fleuve, Ted Bundy et moi sur les traces du Tueur de la Green River»), publié en 1996.

Après l'arrestation du tueur de la Green River, Gary Ridgway, il est intéressant de revenir sur les hypothèses de Ted Bundy concernant sa personnalité au moment où il commet ses actes et de les comparer avec le profil psychologique établi par John Douglas, un des profilers les plus fameux du FBI. En toute objectivité, Ted Bundy est incroyablement plus proche de Gary Ridgway que le FBI.

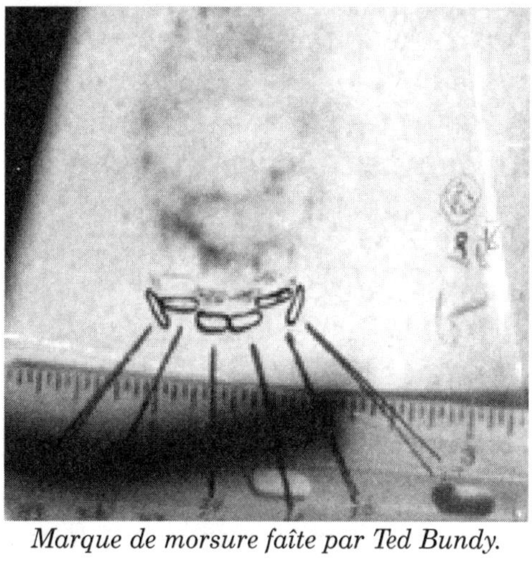

Marque de morsure faîte par Ted Bundy.

Pour Bundy, le meilleur moyen de capturer le *Green River Killer* est de placer sous surveillance tout nouveau site où l'on trouverait un ou plusieurs corps de prostituées : il estime que le tueur retourne fréquemment sur les lieux. Ted Bundy parle

Gary Ridgway à la Cour.

en connaisseur puisqu'il a agi de même avec ses victimes, qu'il a cachées dans des sous-bois pour aller à sa guise violer les cadavres. Il est le seul à émettre l'hypothèse que le *Green River Killer* est un nécrophile, ce que Gary Ridgway reconnaît dans ses interrogatoires de l'été 2003. Pour que cette stratégie réussisse, Bundy recommande un silence média absolu sur toute nouvelle découverte de victimes. Malheureusement, une fuite fait capoter le plan. Des équipes de télévision survolent en hélicoptère les rives de la Green River et les journaux mentionnent le terrain de chasse favori du tueur.

Un festival de films gore pour piéger le tueur

Une autre tactique proposée par Ted Bundy tient plus du gadget. Il suggère d'organiser dans deux salles de cinéma de Seattle et de Tacoma un festival de films gore ultra-violents dont les protagonistes seraient des psycho-killers tueurs de femmes ; ensuite de faire beaucoup de publicité autour de ces projections et de photographier tous les spectateurs masculins, tout en prenant soin de noter les plaques minéralogiques de leurs véhicules.

Pour Ted Bundy, le *Green River Killer* est un individu qui sait mettre en confiance ses victimes et que rien ne différencie de « monsieur-tout-le-monde. » C'est un homme qui fréquente assidûment les lieux et qui connaît le milieu de la prostitution parce qu'il est proxénète ou client. Le fait que les médias et les autorités sachent qu'il opère dans les quartiers chauds de Seattle ne le dérange pas. Pour le FBI, le tueur reste sur place parce qu'il n'a pas les moyens de partir ailleurs alors que pour Ted Bundy cette hypothèse n'est pas valable. A ses yeux, le *Green River Killer* se sent comme un poisson dans l'eau à Seattle et à Tacoma : le tueur sait fort bien que rien dans son attitude et son approche ne peut le mettre en évidence. D'après Bundy, il n'a pas d'emploi fixe parce qu'il

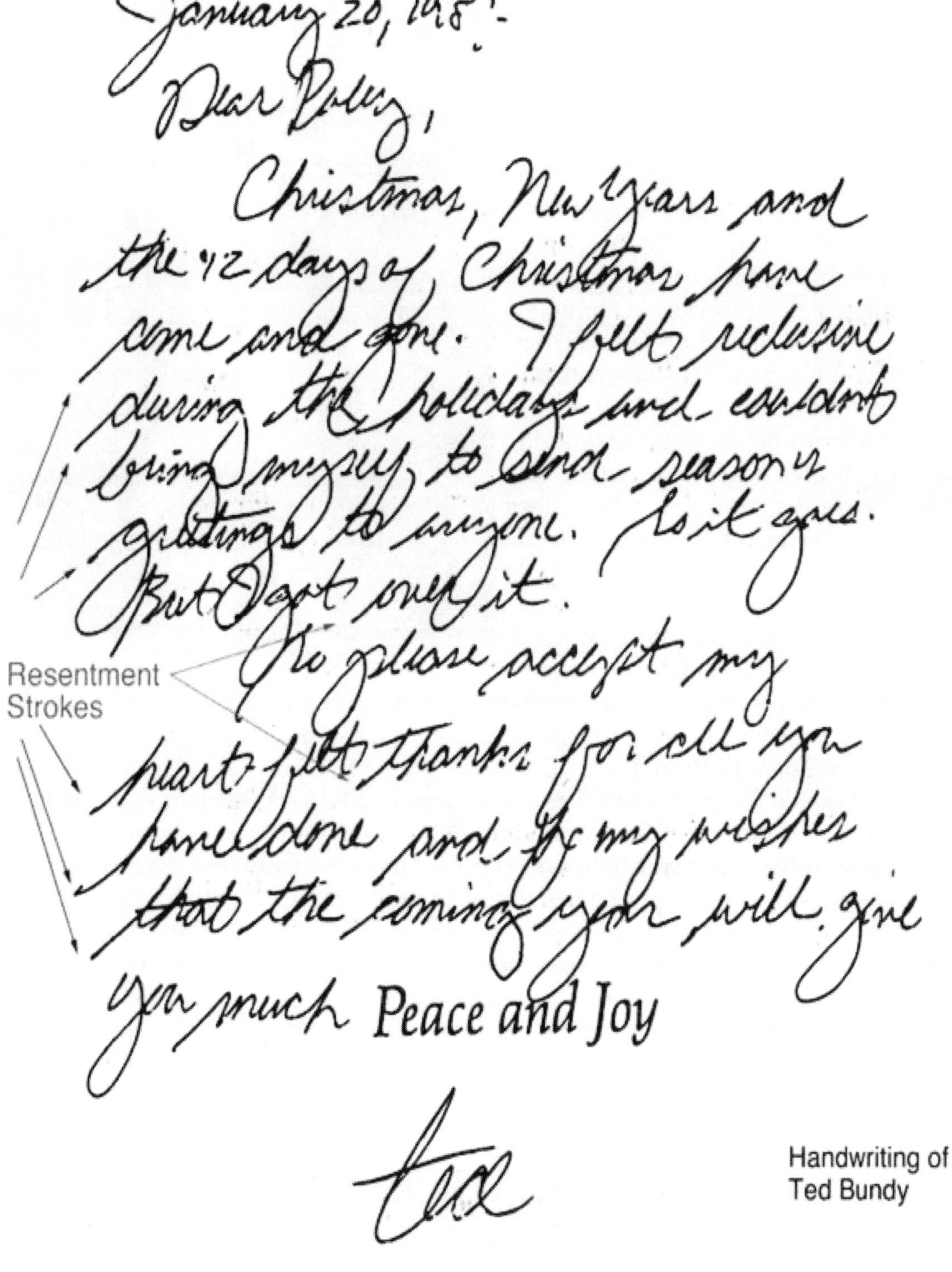

January 20, 198?

Dear Polly,

Christmas, New Years and the 12 days of Christmas have come and gone. I felt reclusive during the holidays and couldn't bring myself to send season's greetings to anyone. So it goes. But I got over it.

So please accept my heart-felt thanks for all you have done and for my wishes that the coming year will give you much Peace and Joy

Ted

Une lettre de Ted Bundy.

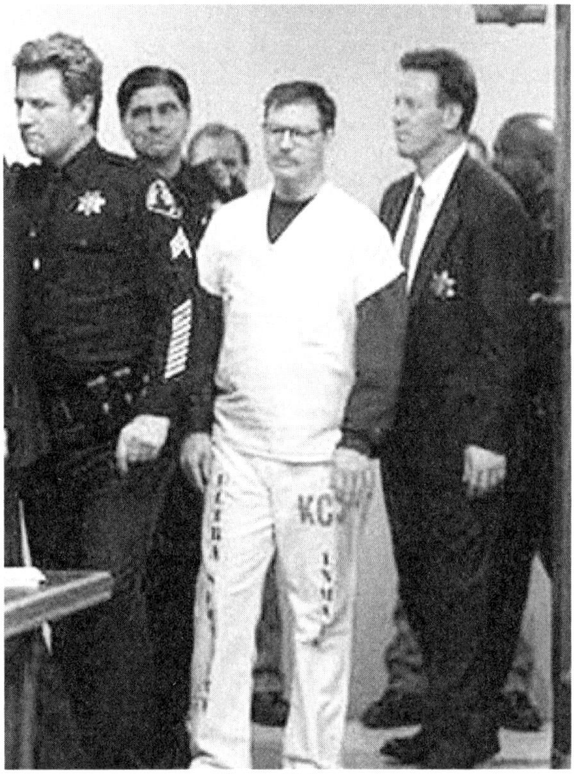
Gary Ridgway

investit beaucoup de temps et d'efforts dans sa série de crimes. Cette fois-ci, Bundy se trompe puisque Gary Ridgway a travaillé 30 ans pour la même entreprise.

Lors des conversations avec Robert Keppel, Ted Bundy continue son profil du serial killer de Seattle: l'assassin doit probablement garer son véhicule sur une artère du quartier chaud pour observer le manège des prostituées, avant de les aborder et de les emmener dans un endroit isolé où il peut agir sans être interrompu (ce qui est le cas, puisque la plupart des victimes sont tuées au domicile de Ridgway). Bundy pense que le tueur est un Blanc d'environ 25 ans – Ridgway a 32 ans lorsqu'il débute sa série – et qu'il ne cessera jamais de tuer. Ce qui est en contradiction avec l'hypothèse des enquêteurs qui supposent que le *Green River Killer* ne tue plus lorsque les homicides s'arrêtent en 1984. En fait, Ridgway tue sa dernière victime en 2001, confirmant ainsi l'idée de Bundy.

Le fait que le *Green River Killer* ait changé à plusieurs reprises de lieux pour se débarrasser des corps est significatif selon Ted Bundy: «Il n'a pas envie de se faire prendre. Il ne veut pas que l'on découvre les cadavres. Avec le temps, il s'est amélioré et il a cherché des endroits plus isolés.» Il estime que le *Green River Killer* est un homme possessif pour qui le cadavre est tout aussi important que la victime pouvait l'être de son vivant. D'où son désir de préserver son «cimetière privé» afin de revenir «utiliser les corps pour une gratification quelconque»; Bundy reste vague car il est toujours embarrassé lorsqu'on lui parle de ses actes de nécrophilie.

Une lettre du tueur

Le profil du FBI est extrêmement vague mais il contient surtout une grave erreur, due à une mauvaise interprétation du rapport d'autopsie de la victime Marcia Chapman qui indique: «une ulcération compatible avec l'anthropophagie est localisée juste au-dessus du sein droit.» L'auteur du profil John Douglas

Ted Bundy avant son évasion.

en déduit que l'assassin appartient à la catégorie des *lust murderers* («tueurs sadiques sexuels») en raison de cette remarque sur l'anthropophagie. Or le médecin légiste se réfère à la définition exacte du terme: il s'agit de morsures d'animaux, et non pas d'humains. En fait, Marcia Chapman, qui est retrouvée dans le lit de la Green River, a été mordue par des poissons!

Cette comparaison entre le serial killer Ted Bundy qui s'exprime en connaissance de cause et le rapport de profilage du FBI montre à quel point il est important de pouvoir s'entretenir avec des criminels, lorsque ceux-ci acceptent de livrer leurs secrets ou, du moins, une partie d'entre eux. Les conseils de Ted Bundy ne lui permettront pas de sauver sa peau et le tueur en série sera finalement exécuté le 24 janvier 1989 sur la chaise électrique de la prison de Starke.

Cette erreur n'est pas la seule du célèbre profiler du FBI et auteur de best-sellers John Douglas lorsqu'il travaille sur l'affaire du *Green River Killer*. En 1984, un journaliste du *Seattle Times* lui fait parvenir une supposée lettre du serial killer inconnu et, dans un rapport, Douglas estime que le courrier est «une faible tentative de la part d'un amateur» qui n'a «absolument aucun rapport avec les meurtres de la Green River».

Encore une fois, John Douglas s'est complètement trompé.

Lors de ses aveux, Gary Ridgway a admis être l'auteur de cette lettre écrite pour brouiller les pistes. Rétrospectivement, les enquêteurs affirment que, s'ils l'avaient su, elle aurait pu les aider à l'attraper plus tôt.

Ce courrier et la réponse de John Douglas ont été rendus publics le 25 novembre 2003. Le lendemain, dans un communiqué de presse, Douglas a tout d'abord nié avoir écrit cette conclusion, avant de se rétracter lorsqu'on lui montre sa signature, figurant au bas du document. Il finit par reconnaître qu'il ne s'en souvient plus. A sa décharge, Douglas analyse ce document de Ridgway en août 1984, après avoir subi une attaque causée par le stress lié à cette enquête en décembre 1983: «Peut-être n'étais-je pas prêt mentalement à reprendre le travail à ce moment-là.»

Le courrier de Ridgway en date du 20 février 1984 est marqué «très important» sur l'enveloppe et il n'y a pas d'espace entre les mots; un exemple: *whatyouneedtoknowaboutthegreenriverman* («cequevousavezbesoindesavoirsur-

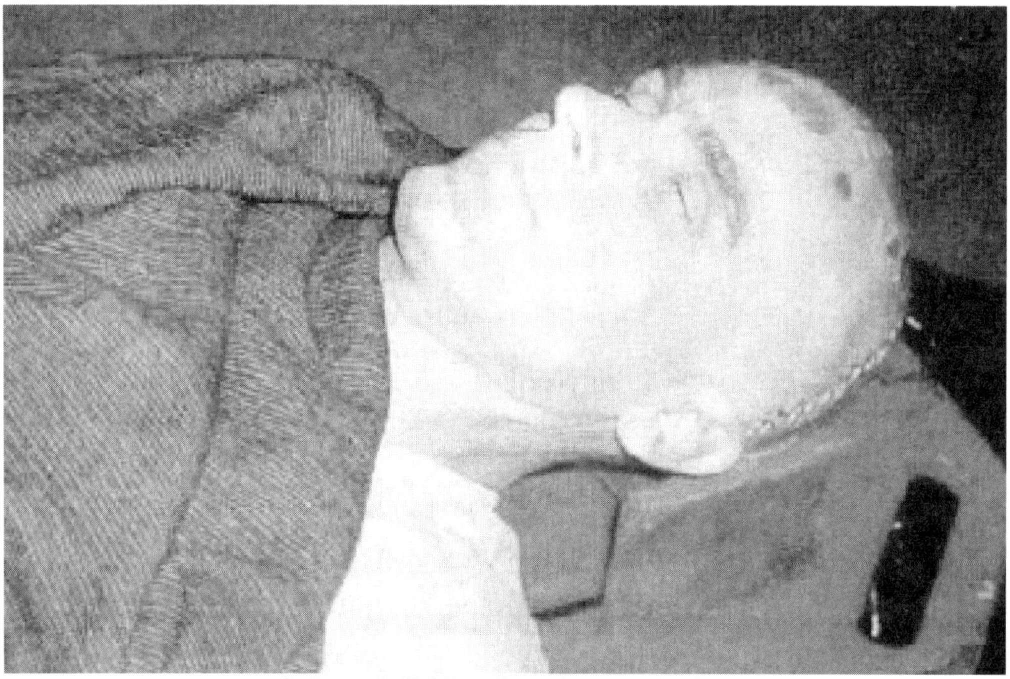

Cadavre de Ted Bundy après son exécution.

l'hommedelagreenriver»). Il est signé *callmefred* («appellemoifred») et donne des détails que seul le véritable assassin pouvait connaître. Ainsi, le fait que les ongles des victimes soient coupés pour éliminer d'éventuelles traces, qu'il ait eu des rapports post-mortem avec un certain nombre d'entre elles et qu'il ritualise une scène de crime en disposant un cadavre avec une bouteille de vin et du poisson.

Il y a quelques mois, John Douglas a ouvert un site Internet, www.johndouglasmindhunter.com, pour vendre ses ouvrages et divers objets de marchandisage, T-shirts, casquettes, etc. La page d'accueil indique qu' «il a traqué certains des tueurs les plus connus et les plus sadiques de notre époque», en indiquant notamment le *Green River Killer*.

Pour accéder au site du film qui comporte des séquences de tournage et de très intéressantes interviews du véritable profiler Robert Keppel (pour y accéder, allez dans la rubrique BEHIND THE SCENES, puis MEET THE REAL ROBERT KEPPEL), cliquez sur le lien www.aetv.com/riverman/.

Octobre

1er octobre

Il était accusé d'avoir pendu au lustre sa compagne obèse et invalide : il s'agirait d'un suicide

Elle s'appelait Chantal Vandermoosen, elle avait 46 ans, pesait 100 kg et était handicapée à 80 %. Elle a été retrouvée dans son appartement, rue Louis Hap à Etterbeek, pendue au lustre de sa chambre à l'aide de la laisse du chien. Et c'est son ami, Christian Decamps, 53 ans, qui devait répondre d'homicide devant la cour d'assises de Bruxelles-Capitale, du 27 septembre au 1er octobre 2004.

L'existence de Chantal, handicapée depuis une erreur médicale commise lors d'une opération à la suite d'un accident de la route remontant à 1999, s'est terminée le 13 novembre 2002. Elle connaissait Christian depuis sept mois.

Ce jour-là, selon la première version donnée par son ami à la police, elle lui avait annoncé qu'elle désirait passer un moment dans la chambre afin de s'y reposer. A bout de quelques heures, inquiet de ne rien entendre du tout, Christian se rend jusqu'à la chambre, fermée à clé, il parvient malgré tout à l'ouvrir, et trouve Chantal, à genoux sur le lit, pendue, la laisse autour du cou et attachée par l'autre bout au lustre. Il coupe le lien, appelle la police et lui raconte cette version des faits.

Deux semaines après le drame, il adopte une autre stratégie de défense : il aurait aidé sa compagne à se pendre, à sa demande. «Je l'ai fait par amour pour elle. Pour mettre un terme à ses souffrances.» Avant d'abandonner la théorie de l'euthanasie pour revenir à la première version des faits : elle s'est bel et bien suicidée tout seule.

Les enfants de la victime avaient immédiatement émis des doutes sur cette version, déclarant que leur mère était maltraitée par son ami, dont elle avait peur et qui pillait son compte en banque. Les médecins légistes, de leur côté, avaient constaté que la largeur du sillon visible sur le cou de Chantal n'était pas compatible avec celle de la laisse du chien. Enfin, l'accusation a fait valoir, lors du procès, que la résistance du lustre rendait quasiment impossible la version du suicide, la victime pesant une centaine de kilos. Quant au mobile, la thèse de l'argent a été avancée : Chantal Vandermoosen devait toucher une forte somme en guise de dédommagement à la suite de l'erreur médicale, et son ami avait obtenu d'elle une lettre faisant office de testament.

Ce dernier point posait problème. En effet, la somme prévue ne pouvait être versée qu'à la suite d'une expertise médicale – qui n'avait pas encore été effectuée. En outre, a relevé l'avocat de la défense, un policier d'Etterbeek, appelé le jour du drame, a lui-même testé la résistance du lustre, qui a tenu bon malgré ses 90 kilos. Or, a conclu l'avocat, «lorsqu'on ne sait pas, on ne condamne pas. On acquitte».

C'est ce qu'on fait les jurés, le 1er octobre après 4 heures et demi de délibération: ils ont acquitté Christian Decamps. Le bénéfice du doute. Il était détenu depuis près de deux ans lorsqu'il a pu quitter le Palais de Justice, libre.

5 octobre

Meurtre au tournevis, dépeçage et fantasmes cannibales à Berlin

Le 5 octobre au soir, un Berlinois âgé de 41 ans s'est présenté au poste de police de Neukölln, un quartier de la capitale allemande, pour y avouer spontanément le meurtre d'un homme de 33 ans, Joe Ritzkowsky, homosexuel comme lui, dont il avait fait la connaissance par le biais d'un groupe de discussion gay sur Internet. Ils s'étaient déjà rencontrés à deux reprises pour des pratiques sado-masochistes qui s'étaient déroulées sans anicroche. Leur troisième rendez-vous avait eu lieu la veille.

Ralf Meyer, un peintre en bâtiment au chômage depuis quelque temps, passait ses journées sur le Net à la recherche d'hommes en vue de séances SM. Il est originaire de Kiel, dans le Nord de l'Allemagne. Il avait quitté Brême pour venir s'installer à Berlin quatre ans plus tôt. Les derniers temps, il vivait de l'aide sociale, seul avec ses deux chats, dans un appartement du quartier de Neukölln. Ses voisins et les commerçants qui le connaissaient l'ont décrit comme un homme courtois, presque timide, passant plutôt inaperçu et sortant peu de chez lui.

Ralf Meyer

Le 5 octobre, il avait donné rendez-vous chez lui à Joe Ritzkowsky, fils d'un pasteur connu à Kreuzberg pour son soutien aux SDF. Il vivait dans le quartier de Fridenau. Il avait fait des études d'histoire et enseignait la musique dans une école alternative.

Une fois que Joe s'est retrouvé étendu sur le lit, ligoté et les yeux bandés, Ralf Meyer a sorti un tournevis de sous le matelas où il l'avait caché deux mois auparavant. Il l'a tué de 15 coups dans le dos, sept dans la poitrine et plusieurs autres dans la tête, puis a été obligé de «faire une pause» café et cigarettes car ses mains tremblaient.

Au bout de six heures, il a commencé par ouvrir le ventre de sa victime et à l'éviscérer à l'aide d'un cutter; il a placé les organes internes au réfrigérateur, a donné une partie des poumons à ses deux chats, sur une planche à viande, et a tranché le pénis et les testicules qu'il a mis dans un sac avec du sel, dans le but de les consommer plus tard – ce qu'il n'a jamais fait car tout cela l'a vite «dégoûté».

Dix heures plus tard, le cadavre commençait à sentir très mauvais; Ralf a tenté de chasser les odeurs avec un spray, en vain. «La situation réelle de l'abattage n'a pas correspondu au fantasme de l'accusé», a expliqué M. Alexandre Böhle, expert psychiatre.

Puis le meurtrier a entrepris de dépecer le cadavre à l'aide d'un sécateur pour les côtes et d'une scie pour la colonne vertébrale. Les policiers ont retrouvé le tronc dans le tiroir de rangement du lit; les jambes étaient dans des sacs-poubelles, sur le lit. Un drap était enfoncé dans la cage thoracique, pour stopper l'hémorragie. La tête était enveloppée d'une taie d'oreiller et de papier d'aluminium.

Pendant ce temps, Dirk, 36 ans, qui partageait la vie de Joe depuis huit ans, s'inquiétait de ne pas voir rentrer son compagnon. Il a refait les derniers numéros composés par Joe sur son portable et il est tombé sur Ralf Meyer qui a d'abord nié connaître le musicien. Intrigué, Dirk a décidé de recomposer ce numéro, ce qui a eu pour effet d'inciter Ralf à s'enfuir en direction de Leipzig au volant de la voiture de sa victime. Il savait qu'on allait le retrouver et s'est résolu à se dénoncer pour le crime qu'il avait commis la veille.

Ralf Meyer a été accusé de meurtre aggravé, avec exploitation de la confiance de sa victime, pour la satisfaction de ses pulsions sexuelles, selon la définition du droit allemand. Il semble qu'il ait dépecé le corps pour s'en débarrasser plus facilement, mais aussi sans doute poussé par des fantasmes cannibales. Les enquêteurs n'ont trouvé aucun indice permettant de dire si la chair de la victime avait été consommée ou non; rien ne permet de penser non plus que Ritzkowsy ait été dépecé vivant. Ils estiment en outre qu'il s'agit d'une victime unique.

Cette affaire présente de nombreuses similitudes avec celle du «Cannibale de Rotenburg» – une certaine presse a d'emblée surnommé Meyer le «Cannibale de Berlin» ou le «Cannibale de Neukölln» – qui a pu, de l'avis l'avocat de la défense, agir comme un «catalyseur» sur les fantasmes de son client.

Le cas d'Armin Meiwes a littéralement fasciné le tueur berlinois qui l'a étudié dans le détail.

«J'ai peur de moi-même», furent les premières parole de Ralf Meyer, devant la cour. Il a déclaré nourrir des fantasmes d'abattage liés au plaisir sexuel depuis une quinzaine d'années, et de cannibalisme depuis plus de dix ans. Le fantasme qui déclenchait ses orgasmes était surtout celui d'intestins jaillissant du ventre. Sur son ordinateur, il a simulé la séquence de la décapitation du musicien, sur une table pliante qu'il avait transformée en abattoir.

Ralf Meyer a un frère d'un an son aîné qui pratiquait des jeux sadiques avec lui durant l'enfance: il lui arrivait très souvent de mimer des scènes d'abattage de cochons et exerçait son sadisme sur son jeune frère. L'expert psychiatre a aussi parlé d'une relation œdipienne anormale avec une mère froide et dominante. Meyer n'a eu qu'une fois une relation sexuelle avec une femme, à l'âge de 22 ans.

Son procès s'est ouvert le 3 mai 2005. Le 10 mai, il a été condamné à une peine de 13 ans de réclusion mais, l'expert psychiatre ayant décelé chez lui une responsabilité pénale atténuée et une grande dangerosité, le tribunal a ordonné son placement immédiat dans une unité psychiatrique. L'expert estime cette mesure nécessaire: «Dans sa cellule, il continue de fantasmer sur des scènes d'abattage et de dépeçage tout en se masturbant (...). Il recommencerait toujours, il est très dangereux et malade», a conclu Alexander Böhle.

A l'énoncé du verdict, l'accusé s'est déclaré tout à fait d'accord avec la décision d'internement; «ma plus grande erreur a été de ne pas commencer des soins psychiatriques à temps.»

La question de sa sortie de la clinique psychiatrique est totalement ouverte. Le juge a souligné que l'accusé représentait un grand danger pour la communauté, raison pour laquelle «il doit être enfermé et traité». Le temps passé en psychiatrie ne doit pas forcément correspondre à la durée de la peine de réclusion décidée.

Le procureur avait requis un emprisonnement de 14 ans et 9 mois et l'internement; il a retenu une importante altération du discernement. La défense souhaitait voir cette peine de réclusion limitée à 10 ans, l'accusé n'ayant pas, selon elle, prémédité son acte. Quant aux parties civiles – la mère et le compagnon de la victime – elles avaient réclamé la réclusion à perpétuité.

7 octobre

Un cadavre dénudé, emballé dans 3 sacs-poubelles, est découvert sur un toit de Liège

Un ouvrier qui s'occupait de l'entretien d'une antenne de télécommunication sur le toit d'un immeuble de Saint-Nicolas, dans l'arrondissement de Liège, a dû subitement interrompre son travail dans la matinée du jeudi 7 octobre 2004. Il y a découvert un cadavre à moitié caché sous les poutrelles soutenant l'antenne. Le corps sans vie de l'homme, vêtu de son seul caleçon, était emballé dans trois sacs-poubelles, d'où ne dépassait qu'une main.

Selon les premières constatations du médecin légiste requis sur les lieux par le parquet, la date du décès remonterait entre 4 et 7 jours; la victime portait des traces de strangulation et son visage était tuméfié; les coups portés à cet endroit ne semblaient pas être la cause de la mort.

Il a fallu une semaine aux enquêteurs pour identifier la victime d'une affaire qui, au premier abord, semblait difficile. La police, qui savait seulement que l'homme n'habitait pas l'immeuble, a étudié toutes les pistes pour tenter de mettre un nom sur l'inconnu. Elle l'a notamment comparé avec le portrait d'un motard disparu depuis le 1er octobre.

Ce qui intriguait le plus les enquêteurs, c'était la manière dont le corps avait pu arriver jusque-là. Pour y accéder, il fallait en effet emprunter l'ascenseur jusqu'au septième étage, prendre une échelle raide, ouvrir une trappe donnant accès au local de la cage d'ascenseur et du compteur électrique, pour enfin atteindre le sommet.

L'enquête a néanmoins rapidement progressé: la victime a été identifiée et, le mercredi 13, le service judiciaire d'arrondissement de Liège a interpellé deux personnes.

Le corps était celui d'un homme de 47 ans, Richard I., originaire de Seraing, pilote d'une 125 cm^3 rouge. Il était séparé depuis 8 mois, souffrait d'une dépression et avait tendance à fréquenter les cafés. C'est cette piste qui a permis de remonter jusqu'à une jeune femme de 19 ans, Nancy D., étudiante en droit, domiciliée à Eupen mais résidant à Liège pour ses études. Elle a donné aux policiers une version des faits qui les a laissés perplexes.

La rencontre de Richard et Nancy a été le fruit du hasard. Le 1er octobre, alors qu'il était en train de retirer de l'argent à un distributeur automatique, Nancy l'a observé afin de mémoriser son code de carte bancaire. Elle l'a suivi. Il s'est rendu dans un café où elle est entrée elle aussi, dans le but de l'accoster. Là, ils ont eu une conversation qui, aux dires de la jeune femme, portait sur la religion – il était catholique pratiquant – la vie, la mort, le bien et le mal, Dieu et le Diable. Le duo a quitté l'établissement, Nancy ayant réussi à le convaincre de l'emmener sur sa moto jusqu'à l'immeuble de son petit ami, Alexandre S., un étudiant de 20 ans, pour, sur le toit, se rapprocher de Dieu. En route, ils se sont arrêtés à un distributeur de billets ; Richard a donné l'argent à l'étudiante.

Une fois sur le toit, Nancy lui aurait annoncé qu'elle allait le tuer. Elle l'a agressé, tentant de l'étrangler à mains nues. Echec. Elle a alors eu recours à son collant pour parvenir à ses fins. Aux enquêteurs, elle a déclaré que Richard, persuadé qu'il allait rejoindre Dieu, était resté paisible... De retour dans son logement étudiant, elle a reçu la visite de son ami, auquel elle a raconté le crime. Ils sont retournés sur le toit où ils ont tenté de rendre le corps méconnaissable : il a été presque entièrement dénudé, nettoyé, les doigts ont été aspergés de produit corrosif dans le but de brûler les empreintes, et le visage a été frappé à l'aide d'un marteau pour détruire la dentition.

Les deux étudiants ont quitté les lieux avec la moto de la victime, qu'ils ont abandonnée dans le quartier des Guillemins ; ils ont jeté ses vêtements et son casque dans une poubelle de la gare.

Les motivations de la meurtrière étaient davantage d'ordre crapuleux que mystique, ont relevé les journalistes en relatant l'affaire... Nancy et son petit ami ont effectué trois retraits d'argent à l'aide de la carte bancaire du motard, juste après sa mort, pour le soulager des 800 euros que recelait son compte.

12 octobre

Un adolescent viole et étrangle une fillette de 7 ans et cache le cadavre sur son balcon

HAMBOURG – Patrick, 17 ans, a été inculpé de viol et de meurtre sur la personne d'Angelina, 7 ans, la meilleure amie de sa sœur Alina, 11 ans. L'autopsie a révélé que l'enfant était morte étranglée après avoir été ligotée à l'aide d'un câble puis violée.

Mardi 12 octobre, à 18 heures 15, Angelina est partie jouer chez Alina qui habite tout près de chez elle, promettant à sa mère, Nora, 33 ans, d'être de retour à 18 heures 30. Ne la voyant toujours pas revenir, la mère a prévenu la police qui s'est mise à sa recherche dans le quartier vers 19 heures. Toute la nuit, 130 agents – et le meurtrier lui-même – ont participé à l'opération. Ils ont fini par interroger l'adolescent, qui s'est empêtré dans des déclarations contradictoires, et par aller perquisitionner l'appartement où il vivait avec sa mère (ses parents étaient séparés). A 5 heures 30, le mercredi matin, les enquêteurs ont retrouvé le corps de la fillette dans un carton de déménagement placé sur le balcon.

Patrick avait rhabillé Angelina après le meurtre, il l'avait mise dans ce carton qu'il avait caché dans un réduit de la cave où se sont déroulés les faits. Profitant d'un moment d'inattention des personnes participant aux recherches, il avait monté le carton plusieurs heures après le crime sur son propre balcon.

Angelina

Le meurtrier était connu pour son comportement agressif et ses problèmes de boisson. Il avait volé des mobylettes à plusieurs reprises mais n'était pas connu des services de police pour des agressions sexuelles. Son frère aîné se trouvait en prison. Patrick est passé aux aveux au moment de la découverte du corps d'Angelina.

Le 18 avril 2005, à l'issue d'un procès à huis clos (seuls Nora, la mère de la victime, et son compagnon y avaient été admis), Patrick a été condamné à une peine de 8 ans de réclusion, mais compte tenu de sa personnalité «borderline», il a été placé en hôpital psychiatrique.

Après l'énoncé du verdict, Nora et son ami se sont jetés sur l'accusé pour l'agresser. «La pression était trop forte», a déclaré l'avocat de la mère pour expliquer sa réaction. «Elle a tout simplement explosé.»

21 octobre

Un Allemand transporte un poney dans le coffre de sa voiture, à Amsterdam: amende de 220 euros

La police néerlandaise a infligé une amende à un Allemand de 42 ans qui transportait dans sa Volkswagen Golf cinq portes un poney de race Shetland – de 85 à 105 cm au garrot, entre 150 et 180 kilos – qu'il avait installé dans le coffre et que la passagère du siège arrière tenait par une corde. Un policier a expliqué que «le petit poney Shetland n'avait pas la place de bouger, sa tête était pressée contre la vitre». L'automobiliste venait d'acheter l'animal sur le marché néerlandais et le ramenait dans son pays.

Pour cause de «transport inadéquat d'animal», la police lui a infligé une amende de 220 euros.

24 octobre

Des tests ADN identifient un violeur emprisonné comme étant un tueur en série de 12 femmes à Los Angeles

Des tests ADN menés par la police de Los Angeles ont permis d'identifier un violeur emprisonné comme étant responsable d'une douzaine d'homicides; les résultats de ces analyses ont entraîné la libération d'un homme qui avait été, par erreur, reconnu coupable de trois des assassinats.

Chester Dwayne Turner

Les victimes supposées de Chester Dwayne Turner, 38 ans, sont des femmes, dont certaines sans domicile fixe et d'autres prostituées ou toxicomanes. Elles ont été violées, étranglées puis jetées dans des ruelles, des bâtiments abandonnés et même une douche de chantier, selon une déclaration de la police.

Le concierge David Allen Jones, un handicapé mental de 44 ans, a été par erreur reconnu coupable de trois de ces meurtres en 1995; mais il est maintenant établi que ces crimes ont été commis par Turner, a indiqué la police. En conséquence, Jones a été relâché en mars dernier après que les tests d'ADN eurent prouvé son innocence dans deux de ces cas. Quant au troisième cas, aucune preuve génétique n'a pu être préservée.

Les tests d'ADN ont conduit la police à l'arrestation de Turner, qui n'a pas contesté l'accusation contre lui et a été reconnu coupable. Il est maintenant détenu dans la prison centrale de Sierra, près de Stockton.

25 octobre

La maison piégée de l'ajusteur fou de Charleroi: tel est pris qui croyait prendre

L'histoire de Louis Dethy, ajusteur à la retraite, et de sa maison piégée est pour le moins surréaliste. Au fil des ans, elle s'est nourrie d'amertume, d'esprit de vengeance délirant et d'ingéniosité qui ont fini par se retourner contre le concepteur des pièges lui-même. Il en a été, comble d'ironie, la première et unique victime.

Le dimanche 6 octobre 2002, à trois heures du matin, le téléphone sonne à la permanence du Service d'enlèvement et de destruction des engins explosifs (SEDEE) de l'Armée Belge. L'adjudant-chef de service cette nuit-là ne se doute pas qu'il va être entraîné dans l'histoire de déminage la plus incroyable de sa carrière : trois semaines de recherches minutieuses, centimètre par centimètre, pour désamorcer les pièges mortels machiavéliques imaginés par un septuagénaire animé par la haine : il était depuis des années fâché avec ses 14 enfants et ses 37 petits-enfants qui, par conséquent, ne lui rendaient plus visite.

Deux heures avant ce coup de téléphone, Louis Dethy, 79 ans, meurt touché en pleine carotide par un engin explosif précédemment installé par ses soins et sur lequel il devait être en train d'effectuer un test de fonctionnement lorsque le piège s'est déclenché. Sur le coup, les policiers, alertés par Monique Reumont, la colocataire et ex-maîtresse du retraité qui a découvert le cadavre au premier étage, pensent d'abord à un suicide. Jusqu'à ce qu'ils décident de fouiller l'habitation et manipulent un coffre : en l'ouvrant, une double détonation retentit. Ils font alors appel au SEDEE. « Dès notre arrivée, vers cinq heures du matin, nous nous sommes rendu compte que l'affaire ne serait pas banale, explique le chef de l'équipe. Le piège du coffre démontrait un travail de précision diabolique. Les deux canons se relevaient à l'ouverture. Que l'on soit à gauche ou à droite, la décharge vous éclatait la tête. Heureusement, les policiers se trouvaient à l'arrière du coffre, sinon... »

L'habitation était littéralement truffée de pièges plus redoutables les uns que les autres.

Les trois hommes de l'équipe se mettent au travail : la fouille, en plus d'être méticuleuse, s'annonce immense car, outre la maison de trois étages, ils doivent inspecter une cour et quatorze box de garage dont trois, ils le découvriront plus tard, sont piégés. Les engins de mort sont bien cachés, les plus indécelables étant carrément coulés dans les murs de la maison, recouverts de plâtre et de papier peint. « Il n'y avait pas de logique dans l'installation des engins, poursuit le chef d'équipe. Excepté le fait qu'ils visaient toujours la tête. Le système de déclenchement variait, les emplacements aussi. Pratiquement toutes les pièces étaient couvertes. »

Au vu de l'ampleur de la tâche, le lieutenant-colonel à la tête du service envoie une deuxième équipe. Deux hommes ont failli être touchés par des décharges de chevrotine. L'un des pièges en question était installé dans un tonneau rempli de bois; par chance, le technicien retirait les bûches avec une pince.

Le cinquième jour, un élément nouveau surgit dans l'enquête: la police entre en possession d'une liste des pièges sous forme d'aide-mémoire destiné à leur désamorçage. Elle se trouvait dans une mallette contenant des morceaux de papier, de journaux, de nappe sur lesquels Louis Dethy avait inscrit des annotations – énigmatiques – et des descriptions. Les pièges pouvaient ainsi porter un nom – La Vierge de l'Apocalypse, par exemple, ou La Parmentière, qui était liée à M. Parmentier, le pharmacien du village, indiquant qu'un piège se trouvait à proximité de l'armoire à pharmacie – ou bien être désignés par une phrase, telle que «le vin est tiré», signifiant qu'un engin relié à un fil se trouvait dans la cave à vin. La liste faisait état de vingt pièges. «A ce moment, nous avions déjà trouvé dix-sept pièges. Il en restait encore trois à identifier», conclut le chef d'équipe.

Les enquêteurs recherchent les pièges.

Le vingtième et dernier piège n'a jamais été décelé. Le retraité l'avait baptisé «Les douze apôtres sont opérationnels sur les galets»: il est resté insaisissable malgré toutes les recherches et les pistes de réflexion. Jusqu'au jour où les démineurs se sont intéressés de plus près aux pièces trouvées dans l'atelier du vieil ajusteur: en les assemblant, il y avait là de quoi fabriquer le vingtième piège. «Dethy n'a probablement jamais eu le temps de l'installer», commente le chef d'équipe.

Un des pièges retrouvés.

La colocataire de Louis Dethy, Monique Reumont, n'a pas signalé la présence de pièges aux enquêteurs ni aux démineurs; de l'avis des inspecteurs, elle en connaissait pourtant l'existence – certains des mécanismes mortels étaient installés dans la partie de la maison qu'elle occupait – et qui plus est, elle est revenue plus tard rechercher clandestinement la fameuse mallette contenant les indices. Elle a été poursuivie pour non-assistance à personne en danger devant le tribunal correctionnel de Charleroi où les deux policiers qui avaient failli perdre la vie en examinant le coffre se sont constitués parties civiles. Mais Madame Reumont a nié savoir que le maison était piégée ; elle a reconnu avoir eu une liaison autrefois avec le défunt sans avoir été informée de la présence des machines infernales. Elle a raconté comment elle avait découvert le corps de la victime, avant d'emporter, comme Louis Dethy le lui avait demandé, la mallette comportant ses dernières volontés et qu'il avait intitulées « Quand l'inéluctable se produira ». Ces déclarations ont été relayées par le président du tribunal qui a estimé qu'elle avait repris la mallette alors qu'elle était en état de choc et qu'elle cherchait seulement à accomplir les dernières volontés de son ex-amant. « Il s'agit d'un voyage au bout de la folie qui s'accomplit en solitaire », a déclaré le président. « Révéler son funeste objectif, c'était risquer de le compromettre. Dethy avait d'ailleurs profité de l'absence de la prévenue pour travailler sur les deux pièges situés dans sa partie à elle. »

Les hommes du SEDEE

Le 25 octobre 2004, Monique Reumont a été acquittée.

L'inévitable question se pose des raisons qui ont poussé Louis Dethy à truffer sa maison de pièges tous mortels, de la cave au grenier, jusque dans la cour.

Cette maison, il l'avait construite dans les années soixante – les matériaux de construction étant payés par sa mère – pour y habiter avec son épouse et ses quatorze enfants, dix filles et quatre garçons. Un jour, sa femme l'a surpris en flagrant délit d'adultère ; c'était vingt ans avant les faits relatés ci-dessus. Elle est partie en emmenant les enfants et a demandé le divorce.

Louis Dethy s'est senti abandonné de sa progéniture, l'amertume s'est installée, faisant place à une haine qui a explosé le jour où il a appris que sa mère avait légué dans son testament sa maison « à lui », mais payée par elle, à l'une de ses filles, Jeanne, 49 ans. Il a engagé une procédure judiciaire qu'il a perdue, à la fin des années quatre-vingt-dix. C'est alors qu'il a commencé à installer ses pièges. Il s'est dit que s'il venait à se faire expulser de chez lui ou à mourir, le nouveau propriétaire ne profiterait pas longtemps de la maison... Le destin en a apparemment décidé autrement.

26 octobre

En Australie, un trio de serial killers condamné pour onze meurtres

La cour suprême de l'Etat de South Australia vient de rejeter l'appel d'un duo de tueurs et de confirmer la condamnation à perpétuité de John Bunting, 39 ans, et de Robert Wagner, 34 ans, dans ce qui est, à ce jour, la pire affaire de serial killer que l'Australie ait jamais connue.

Les deux accusés ne pourront pas bénéficier d'une libération conditionnelle. Bunting a été jugé coupable de 11 meurtres, tandis que Wagner, qui avait déjà plaidé coupable pour 3 assassinats, a été jugé responsable par le jury de 7 crimes supplémentaires. Pour un autre homicide, les jurés n'ont pas pu atteindre le quorum nécessaire pour prononcer un jugement. Avant ce procès, un complice, James Vlassakis, 24 ans, a plaidé coupable pour quatre meurtres et obtenu une peine à perpétuité avec possibilité de libération conditionnelle en échange de son témoignage contre ses deux complices.

John Bunting et Robert Wagner

John Bunting et Robert Wagner ont torturé leurs victimes, pour la plupart des pédophiles ou des homosexuels, avant de les mutiler et de se débarrasser des corps dans des barils entreposés dans le coffre-fort en sous-sol d'une banque abandonnée de Snowtown, un faubourg d'Adélaïde. L'odeur pestilentielle de huit cadavres en décomposition a permis leur découverte par la police le 20 mai 1999.

La banque abandonnée de Snowtown.

Quelques jours plus tard, deux autres corps sont retrouvés dans une arrière-cour d'Adélaïde, puis deux autres encore. Les deux assassins ont utilisé de nombreuses ruses pour faire croire que leurs victimes étaient toujours vivantes, afin de s'approprier 95 000 $ australiens d'allocations diverses appartenant à huit d'entre elles. Lors de son témoignage, Vlassakis a décrit les tortures endurées par les différentes victimes qui sont obligées de s'adresser à Bunting en employant le terme de «Lord Sir», tandis que Wagner s'auto-proclame «Dieu». La plupart des séances de torture sont enregistrées sur cassettes audio qui ont été entendues lors du procès.

Des fouilles sont organisées pour retrouver les corps.

Pour Vlassakis, «lorsque j'ai rencontré John pour la première fois, il était si poli, tellement bien élevé, que j'ai pensé enfin trouver quelqu'un de bon. C'était un peu un père pour moi. Il m'a sauvé d'une existence faite d'abus sexuels. Puis je l'ai vu sous un autre jour, avec une voix complètement changée, violent et très en colère». Notamment lors du meurtre de Troy Youde, le demi-frère et abuseur de Vlassakis, qui est attaché avec des menottes dans la salle de bains de Bunting, à Murray Bridge. Il est frappé dans les parties génitales et on lui écrase le gros orteil avec des tenailles, avant de l'étrangler.

Lors du procès, Bunting est resté muré dans le silence, comme absent des débats. Lorsque le verdict est prononcé, Wagner et lui refusent de se mettre debout. Tous les témoignages le dépeignent comme un individu voulant contrôler son proche entourage, entièrement composé de personnes sans emploi, à la dérive et survivant grâce aux allocations chômage. Ses amis et ses compagnes ont tous connu une existence faite d'abus et de traumatismes les plus divers. Lorsque son ex-femme et un ancien associé sont venus témoigner à la barre, l'audience se rend compte que tous les deux serrent un ours en peluche dans leurs bras.

Depuis sa naissance le 4 septembre 1966, à Inala, John Bunting incarne le prototype de l'Australie «d'en bas» qui peine à survivre dans les quartiers du Sud-Ouest de Brisbane. Il aurait été victime d'abus sexuels durant sa jeunesse, ce que Vlassikis qualifie d'«accident». En 1985, Bunting a 18 ans lorsqu'il rencontre Mark Day, 19 ans. A l'époque, Bunting parle souvent de «casser» du pédophile mais son ami pense que ce sont des paroles en l'air. En février 1986, Bunting décide neuf de ses amis à quitter Brisbane pour Adélaïde où il ne tarde pas à se mettre en ménage avec Esmay Kennedy, l'ex-petite amie de Mark Day, âgée de 14 ans. A nouveau, Bunting se présente comme un «vengeur» qui va «jeter les pédophiles en bas des falaises», les «enterrer vivants».

En 1997, John Bunting et Vlassakis font la connaissance de Robert Wagner qui leur raconte son viol à l'âge de 7 ans par un pédophile, Barry Lane. A 14 ans, Wagner retrouve Lane qui devient son amant; ce dernier est un transsexuel se présentant à tout le monde comme «Vanessa», la fiancée de Wagner. Ce dernier tente de se suicider à 8 ans et il ne sait toujours ni lire ni écrire lorsqu'il quitte l'école vers 13-14 ans. Le couple s'installe non loin du domicile de Bunting au 203 Waterloo Corner Road, à Salisbury North et celui-ci se sert de Lane comme source d'informations pour dresser une liste de pédophiles à tuer et à torturer, une «toile d'araignée» comme il aime la qualifier au point de l'afficher sur un mur de sa maison. Barry Lane ne tarde pas à devenir une des victimes du gang, en cette même année 1997.

A cette époque, John Bunting travaille dans un abattoir comme tueur et il n'a pas d'odorat, un atout pour son nouveau travail. Dans ce monde interlope, ceux qui fréquentent Bunting ont tous de nombreuses identités; ainsi Jodie Elliott, sœur d'Elizabeth Haydon, une autre victime et compagne de Bunting, se présente sous 10 identités différentes face à la Cour. La mère de Vlassakis, Elizabeth Harvey, qui s'installe avec Bunting au début des années 90, est connue sous les noms de Christine Johnson, Christine Youde ou Laura Martin! Toute cette complexité d'identités et de relations rend la tâche extrêmement difficile aux enquêteurs lorsque les crimes sont révélés. Ainsi, Elizabeth Haydon, dont le corps est trouvé en mai 1999, a pour meilleure amie une certaine Sharon Ball. Cette même Sharon Ball devient la compagne de Gary Gray, avant qu'elle ne découvre que ce dernier a été le mari de Jodie Elliott, alors connue sous le nom de Gail Gray. Mais dans la période qui sépare ses deux relations, Gary Gray a eu une aventure avec Elizabeth Haydon…

26 octobre

Il volait des plaques d'égout qu'il revendait 6 euros pièce

Au mois d'août, une seconde d'inattention pouvait coûter cher aux usagers de la route qui ont circulé dans Aiseau-Presles, une commune de 11000 habitants située dans la région de Charleroi. Les rues et les routes étaient en effet pavées de trous. Les plaques d'égout se sont mises à disparaître des chaussées les unes après les autres au grand dam du bourgmestre qui craignait pour la sécurité de tous. Il a diligenté une enquête – une cellule spéciale a été créée afin de venir à bout de l'épidémie de vol – qui a rapidement abouti grâce au témoignage d'un ferrailleur. C'est à lui que Marcel M., 43 ans, revendait les plaques au prix de 6 euros l'unité, soit 40 kilos de fonte.

La police a interpellé Marcel qui a été renvoyé en procédure accélérée devant le tribunal correctionnel. Les deux parties civiles, à savoir l'administration communale d'Aiseau-Presles et la société de production et de distribution d'eau potable Aquasambre, ont réclamé 1700 euros pour les plaques volées et le coût de leur remplacement.

Côté ministère public, le substitut a relevé le caractère inconscient du comportement du voleur qui aurait pu provoquer de graves accidents de la circulation. D'ailleurs, le prévenu risquait une requalification des faits en entrave méchante à la circulation, passible d'une peine de prison de 5 à 10 ans. Le substitut a requis une condamnation sévère.

L'avocat de Marcel M., lui, a sollicité l'indulgence du tribunal, faisant valoir que son client avait reconnu les vols qu'il avait commis dans le seul but de nourrir sa famille; «c'est un homme paumé», a-t-il expliqué.

A noter que le prévenu ne pouvait pas bénéficier d'un sursis: il avait déjà fait l'objet d'une condamnation à un an de réclusion pour un vol avec violence.

La sentence est tombée, le 26 octobre. Marcel a été condamné à une peine de travail de 150 heures, à effectuer à la section «voirie» de la municipalité d'Aiseau-Presles. En sus, il s'est vu confisquer sa pioche et son véhicule. «Vous verrez ce que c'est que de soulever des plaques pendant 150 heures», lui a lancé le juge.

31 octobre

Auteur de 39 meurtres, Louis van Schoor, dont la fille est aussi une meurtrière, est libéré après avoir purgé 12 ans de prison

Le tueur en série sud-africain Louis van Schoor a bénéficié d'une libération conditionnelle après avoir passé 12 ans derrière les barreaux d'une prison d'East London. Il a été condamné en 1992 pour 7 assassinats et deux tentatives de meurtre. Van Schoor, 54 ans, est un ancien maître-chien d'une unité de la police. Lorsqu'il quitte le service, il se fait engager comme vigile.

Louis van Schoor

Son mode opératoire consiste à se faire engager dans des commerces ou entreprises dotés d'une alarme silencieuse pour y abattre par la suite les intrus ou voleurs. Les enquêteurs estiment qu'il a tué 39 personnes. Avant sa condamnation, Van Schoor raconte à un journaliste qu'il a abattu 100 personnes pendant sa carrière de vigile entre 1986 et 1989.

Sabrina (à droite), sa mère et sa fille.

Sa fille Sabrina, 23 ans, purge quant à elle une peine de 25 ans de prison pour meurtre dans le même établissement que son père. Elle a recouru aux services d'un tueur à gages pour faire égorger sa mère Beverly en 2002. Le mobile ? La victime n'arrêtait pas de vilipender Sabrina pour le choix de ses amants de race noire. Lorsque l'assassin poignarde et égorge Beverly, Sabrina se trouve dans la pièce voisine avec son bébé dans les bras. Elle estime que sa mère est raciste.

En ce qui concerne Louis van Schoor, toutes ses victimes sont des hommes de race noire. Van Schoor a promis à Sabrina qu'il allait s'occuper d'élever sa fille Tatum à présent âgée de 3 ans. Lorsqu'il a quitté la prison de Fort Glamorgan, le tueur en série a fougueusement embrassé sa fiancée, Eunice de Kock, une avocate de 39 ans qu'il a rencontrée grâce aux médias en 2000. Toute habillée de noir, Eunice a déclaré qu'elle deviendrait la cinquième épouse de Van Schoor mais qu'ils ne vivraient peut-être pas ensemble.

Van Schoor a lu une brève déclaration où il affirme son désir de «retrouver son rang au sein de la société et de se consacrer à l'agriculture. J'envisage d'écrire mon autobiographie». Il a ajouté qu'il n'avait «rien à dire» aux familles des hommes qu'il a tués. Puis pressé de questions par les journalistes, il s'est rétracté pour demander leur pardon.

Novembre

2 novembre

Arrestation en Inde d'un pédophile ayant tué au moins 17 enfants âgés de 3 à 10 ans

La police de Jalandhar annonce l'arrestation de Darbara Singh, un ancien soldat de 52 ans, responsable de la disparition de 17 enfants dans le district. Les victimes sont des fillettes et des garçons âgés de 3 à 10 ans.

Darbara Singh

Sur la base de plusieurs témoignages, un portrait-robot du kidnappeur avait été préparé et, grâce à un informateur, un piège a pu être tendu à Basti Bawa Khel.

Interrogé, Darbara Singh a reconnu avoir enlevé au moins 21 enfants qu'il a tous violés et tués pour se «venger de 10 ans passés en prison».

Pendant son service militaire, Singh a déjà connu de nombreux problèmes. Après une dispute avec son supérieur, le major V.K. Sharma, Singh a jeté une grenade à l'intérieur de sa maison, blessant l'épouse et le fils de l'officier. Mais le tribunal militaire l'acquitte à cause d'un manque de preuves, tout en l'obligeant à quitter l'uniforme.

Pour subvenir à ses besoins, Singh fabrique de l'alcool de contrebande qu'il vend à des ouvriers agricoles dont il viole les filles. Dénoncé, il est condamné à 30 ans de réclusion, une peine qui est ensuite réduite à dix ans. Il est libéré en décembre 2003 et engagé comme vigile dans une fabrique de cuir à Basti Bawa Khel.

Le lendemain de son arrestation, Darbara Singh guide les enquêteurs jusqu'à un champ de canne à sucre proche de la route qui mène de Jalandhar à Kalasanghi où il a enterré les corps de deux cousins, Khurshid, 5 ans, et Ruku, 6 ans, qui avaient disparu le 24 octobre dernier. Il les a violés avant de leur trancher la gorge. Singh a expliqué qu'il avait bu une bouteille de rhum pour se donner du courage et commettre son forfait. La plupart des victimes ont été noyées à Tarn Taran et à Rayyia où des fouilles vont débuter.

Avant l'interpellation du tueur, trois cadavres avaient été retrouvés : Rani, Asha et Lalu Pashad étaient tous trois enfants de travailleurs étrangers.

Une fillette de 11 ans, Nishu, qui a été blessée par Singh à Adampur, a donné un signalement très précis de son agresseur qu'elle a immédiatement reconnu par la suite.

Shakuntala, l'épouse de Singh, qui ne l'a pas autorisé à vivre à ses côtés depuis sa libération de prison en décembre dernier, a déclaré aux journalistes qu'elle souhaitait la mort par pendaison de son mari dont les penchants pédophiles étaient connus de tout le voisinage.

15 novembre

Le vampire écossais décède en prison

Le 11 décembre 2002, Thomas McKendrick, 21 ans, est tué à son domicile de Fauldhouse, en Ecosse. Il a été frappé avec une batte de baseball, un marteau et achevé à coups de poignard à la tête et sur le reste du corps. Lors de l'enquête qui conduit à l'arrestation d'Alan Menzies, 22 ans, le 11 janvier 2003, l'accusé se confie au détective Robert Lowe : « J'ai bu son sang et dévoré un morceau de son crâne. Il y avait du sang partout et je l'ai enterré dans les bois. J'ai transporté le corps avec une brouette (...) Je sais que je vais me coltiner 20 à 25 ans pour ça, mais son âme m'appartient. »

Lors d'une fouille au domicile de Menzies, les policiers ont découvert de nombreuses vidéos de films de vampires, notamment *Queen of the Damned* adapté d'Anne Rice dont un des ouvrages est copieusement annoté. Parmi ces notes, on peut lire : « J'ai choisi ma destinée : devenir un vampire. Le sang est trop précieux pour être gâché par des humains » ou encore « Le sang est la Vie, j'ai bu le sang et, maintenant, il sera mien car j'ai affronté l'horreur » et « Le Maître va venir me chercher, il m'a promis l'immortalité car je suivrai leurs moindres commandements. »

Le père d'Alan, Thomas Menzies, 49 ans, a montré à la cour d'Edimbourg plusieurs courriers envoyés par son fils depuis qu'il est en prison. Il désigne Akasha comme sa mère et Lestat comme son père – deux noms portés par des personnages de romans d'Anne Rice. Les mots sont écrits avec du sang.

Le 15 novembre 2004, Alan Menzies est découvert mort dans sa cellule. Les circonstances de son décès font toujours l'objet d'une enquête. Il purgeait une condamnation à perpétuité assortie d'une peine incompressible de 18 années.

Après la condamnation à perpétuité d'Alan Menzies le 8 octobre 2003, un nouveau procès pour vampirisme s'est ouvert en Angleterre. Les faits sont moins graves et concernent un duo, Scott Bower, 26 ans, et Benjamin Lewis,

25 ans, qui, accompagnés d'une amie, Natalie Gibson, 19 ans, ont entrepris une campagne de harcèlement massive vis-à-vis du Révérend Christopher Rowberry et sa famille entre le 1er octobre et le 31 décembre 2002. Coups de fils incessants, hurlements continuels dans le cimetière attenant à l'église, pétards explosant sur l'autel, inscriptions obscènes, le tout étant motivé par une haine farouche du christianisme. Lors de l'enquête de police, Benjamin Lewis a déclaré: «Je suis un vampire et fier de l'être.» A leur domicile, on a trouvé des photos où les deux hommes sont en train de boire du sang. Toujours habillés de noir, les deux gothiques collaboraient aussi régulièrement à «Crimson», une revue sur les vampires.

15 novembre

Une mère poignarde son fils de un an dans le cœur et ses deux chiens puis elle incendie sa maison

Dans la nuit du 14 au 15 novembre, à Bomlitz en Basse-Saxe, une femme de 39 ans a tué son fils âgé d'un an de deux coups de couteau portés dans le cœur, elle a poignardé ses deux chiens et mis le feu à sa maison à l'aide d'essence et d'une bouteille de gaz. Un automobiliste apercevant l'incendie a prévenu les pompiers. A l'arrivée des secours, la femme se tenait devant sa maison, elle portait dans les bras le corps de son fils enveloppé dans une couverture. Elle présentait une large coupure à l'avant-bras, ce qui laisse supposer qu'elle a tenté de se suicider. Intoxiquée par la fumée, elle a été hospitalisée et n'était, le 15 novembre, toujours pas en état de parler.

La femme vivait seule avec son fils, elle était séparée de son mari depuis un an et il semble que leurs relations se soient dégradées au cours des derniers mois, a déclaré un porte-parole du ministère public, sans autres précisions.

17 novembre

Le jugement en appel d'une femme meurtrière de ses quatre enfants est rejeté

Kathleen Folbigg, une mère de 36 ans qui a tué ses quatre enfants a été condamnée à 40 ans de prison par un tribunal de l'Etat de Nouvelle-Galles du Sud le 24 octobre 2003. L'appel de son avocate a été rejeté un an plus tard, le 17 novembre.

Elle devra purger au minimum 30 ans avant d'espérer une libération conditionnelle. Elle vivait à Hunter Valley, où elle a étouffé Caleb, âgé de 19 jours en 1989, puis Patrick, Sarah et Laura, qui avaient moins d'un an. Ces trois crimes ont été commis entre 1991 et 1999.

Selon le juge Barr qui préside aux débats, l'accusée n'a pas prémédité ses crimes mais elle est incapable de gérer le stress lié aux soins à apporter à des bébés, à cause de graves troubles de la personnalité. Kathleen Folbigg a subi des abus physiques, psychologiques et peut-être sexuels de la part de son père, Thomas Britton, un gangster qui assassine sa mère en 1968 alors qu'elle n'est âgée que de 18 mois. Avant son décès, sa mère néglige complètement son enfant qui n'a jamais connu le sens du mot amour maternel. Pour le juge Barr, Folbigg n'est pas une mère cruelle, elle est simplement incapable d'occuper cette fonction: «Je crois qu'elle a des remords, mais elle ne peut pas reconnaître la portée des actes qu'elle a commis. Si elle y parvient, elle pourrait très bien se suicider.»

Pour tenter d'empêcher cette issue fatale, Folbigg est confinée dans sa cellule 22 heures sur 24, tout en faisant l'objet d'une surveillance permanente. Incapable de se confier à quiconque, y compris son propre mari, Kathleen Folbigg a couché sur le papier ses pensées les plus intimes. Son journal révèle l'attente joyeuse du premier bébé: «On t'attend tous, petit enfant, quand vas-tu venir?» Lorsque la naissance se concrétise, elle est surprise de ne pas éprouver d'amour. Elle reste assise chez elle, seule, à se demander pourquoi. Elle espère y remédier en donnant le sein au bébé, afin de créer un lien. «Je sais que mes seins sont comme ceux de toutes les autres mamans, alors pourquoi je n'y arrive pas?» L'idée même d'un tel geste la révulse.

A chaque naissance, elle se sent abandonnée par la famille et ses amis. Avant, elle est l'objet de toutes les attentions; ensuite, c'est l'enfant qui devient roi. Ce sentiment de rejet se transforme en une colère qui la pousse à tuer, avant que le désir d'être mère ne reprenne le dessus. A chaque mort, Kathleen demande à Craig son époux de repeindre les murs de la maison d'une couleur différente pour prendre un nouveau départ. On remet les compteurs à zéro, en quelque sorte.

Elle sait qu'elle est capable de tuer, qu'elle ne peut pas s'en empêcher. Elle se sent terrorisée lorsqu'elle est seule avec le bébé, elle s'en éloigne alors pour essayer de se calmer en regardant fixement les poissons de son aquarium. La colère s'estompe par la suite. Quelquefois. «Je ne sais pas comment faire. Comment dois-je vaincre ce sentiment? J'ai besoin d'aide.»

Page après page, son journal intime, consigné dans des cahiers recouverts de dessins d'anges et de nounours, indique ses deux plus grandes craintes. La première est que Craig la quitte. Elle est sur la défensive lorsqu'il lui fait des réflexions sur son poids, mais, par dessus tout, elle déteste le voir flirter avec d'autres femmes. Ensuite Kathleen a l'impression de se sentir déracinée, sa famille et ses enfants ne l'ancrent pas dans la réalité, elle a l'impression de manquer de soutien. Le 13 novembre 1996, elle écrit: «Pourquoi la famille est-elle si importante à mes yeux? A présent, j'ai la mienne, mais ce n'est pas suffisant. Je sais que Craig ne peut pas comprendre. Il a l'amour et la stabilité que lui donnent sa famille et ses parents, même s'il choisit de les ignorer. Moi, je n'ai que lui. Cela semble tant m'affecter. Pourquoi est-ce si important? Cela ne devrait pas... Il faut que je perde du poids sinon il ne va plus m'aimer. Je sais que l'apparence physique représente tout à ses yeux... 30 ans. Les cinq premières années, je ne m'en souviens plus, pour le reste, je préfère les oublier. Les 10-11 dernières ont été pleines de traumatismes, de tragédies, mais de moments de bonheur aussi, et de toute une palette d'émotions les plus diverses. Si mon bébé n'était pas sur le point de naître, je me demande bien ce que je serais venue faire sur cette terre. En quoi ai-je été utile à quiconque?»

Depuis sa cellule de la prison pour femmes de Mulawa, Kathleen Folbigg a écrit au quotidien *The Sun-Herald* pour clamer son innocence: «Les observations sur mon attitude détachée, stoïque et froide pendant le procès sont justes. C'est l'unique moyen que j'ai trouvé pour que mon âme survive à de telles attaques. Tous ces gens n'ont pas pris en considération un facteur important: je n'avais pas d'autre solution. Je n'aurais pas été utile à ma propre défense si j'avais pris la parole. A un moment donné, j'ai lâché prise face à mes émotions pendant les audiences. De me retrouver dans un tel état de désespoir ne m'a été d'aucun secours. Le jour viendra peut-être où je pourrai donner libre cours à tous ces sentiments mais j'ai d'abord un combat à mener afin de laver mon nom et mon honneur, et ce jour n'est pas encore arrivé.»

Lors du procès, Craig Folbigg, le mari de l'accusée, un vendeur de voitures, a été un témoin à charge, en décrivant les horribles grognements que Kathleen émet lorsqu'elle se trouve dans une situation de frustration vis-à-vis de ses enfants. Il dépeint Kathleen qui installe avec force Laura sur une chaise pour tenter de la faire manger contre son gré, avant de la laisser choir sur le plancher avec ces mots: «Va voir ton putain de père!» L'enfant est hystérique. Quelques heures plus tard, elle décède.

Dans sa lettre, Kathleen estime avoir été trahie par son époux: «J'ai beaucoup souffert des actes de Craig, non seulement physiquement, mais aussi de ses paroles. Il a cette capacité tout à fait étonnante de transformer les situations les plus simples en récits complètement exagérés et extravagants. J'ai été injustement traitée, des citations de mon journal intime ont été publiées hors de leur contexte et mal comprises, ma personnalité et mon comportement ont été totalement déformés, au point de devenir quelqu'un de tout à fait différent de la personne que je suis réellement. Je suis maintenant la femme la plus HAÏE du moment, et les menaces de mort sont une réalité à laquelle je dois faire face. Mon stress dure depuis des années, tout ce qui s'est déroulé n'est que l'aboutissement final d'événements qui se sont accumulés. Beaucoup d'autres choses m'attendent. La solitude et un mal être terrible. Un immense chagrin qui m'assaille depuis peu, surtout en ce qui concerne Laura, et je ne vous parle pas du reste. C'est vraiment triste de penser qu'une mère puisse être emprisonnée pour avoir voulu exercer normalement sa fonction, en décrivant ses émotions, ses anxiétés et ses frustations.»

23 novembre

Texas: un bébé meurt après que sa mère l'a amputé des deux bras

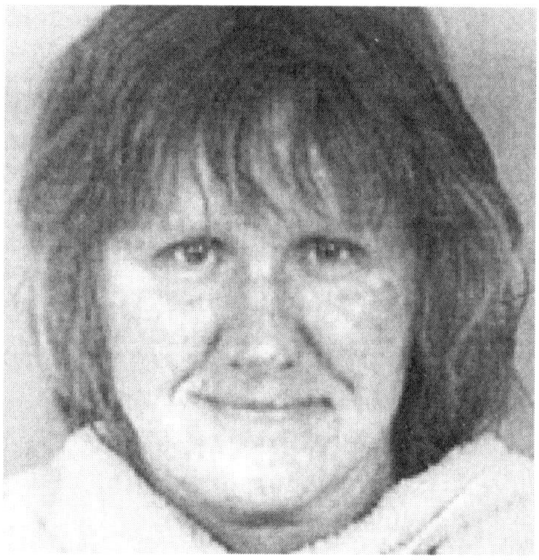
Dena Schlosser

Dena Schlosser, une Texane de 35 ans connue pour souffrir de dépression postnatale, a dit à un employé des services de secours qu'elle venait d'amputer des deux bras sa petite fille âgée de 11 mois, puis a attendu calmement l'arrivée de la police.

Les policiers ont trouvé la mère aux côtés de son bébé mortellement blessé, après que le père de l'enfant eut appelé la garderie pour demander que l'on s'occupe de l'enfant et de la mère.

C'est la garderie qui a alerté la police après avoir parlé avec la mère.

L'opérateur a demandé à la mère s'il s'agissait d'une urgence. Elle a répondu par un simple «oui».

«Que s'est-il passé?», a alors demandé l'opérateur. «Je lui ai coupée les bras», a-t-elle répondu.

A leur arrivée à l'appartement familial, les policiers ont retrouvé le bébé dans une chambre avec les deux bras coupés. Schlosser, couverte de sang, était assise dans son salon. L'enfant est décédé à l'hôpital.

Dena Schlosser vivait dans cet appartement avec d'autres membres de sa famille dont ses deux fillettes plus âgées. Agées de six et neuf ans, elles étaient à l'école et leur père au travail quand la police est arrivée.

28 novembre

A l'entracte, il poignarde sa femme qui refusait de reprendre la vie commune

A Eeklo, près de Gand, un homme de 55 ans a tué sa femme dont il vivait séparé depuis qu'elle était partie vivre à Assenede, un mois plus tôt. Le drame a eu lieu le 28 novembre au soir. La femme, également âgée de 55 ans, s'était rendue au centre culturel pour y assister, en compagnie d'une amie, à une représentation. Son mari était venu l'attendre dans la cafétéria, à l'entracte, pour la convaincre de reprendre la vie commune. La réponse fut négative. Au moment où la femme a voulu regagner la salle, il a sorti un couteau et l'a frappée deux fois au cou et une fois dans le dos. Une équipe de soins d'urgence a réussi à la maintenir en vie en attendant qu'elle soit transportée à l'hôpital, mais elle y est décédée dans le courant de la soirée.

Le mari, appréhendé immédiatement après les faits, a été placé sous mandat d'arrêt pour meurtre.

29 novembre

Pornographie enfantine au Danemark: un juge possède et distribue des centaines de photos et de films pornos

Grâce à une information fournie par Scotland Yard, la police danoise a arrêté le 8 décembre 2003 un juge, père de famille de 51 ans, Jørgen Als Andersen, qui a reconnu, lors de son procès fin novembre 2004, avoir possédé et distribué 664 photographies et 93 séquences de films pornographiques mettant en scène des enfants. Les photos ont été vues 7598 fois et les films 1271. Certains des films montrent des enfants battus avec un fouet ou attachés, en larmes, a souligné le procureur général. L'accusé a déclaré qu'il trouvait «ces scènes désagréables», lui qui ne «s'intéresse qu'aux adolescents». Il a parlé de sa passion pour la pornographie enfantine comme d'une «obsession»; de la même manière, il a déclaré être obsédé par les jeux de hasard et avoir un penchant irrépressible pour l'alcool. «C'était une obsession à laquelle je ne pouvais me soustraire (...). Comme d'autres collectionneurs, je brûlais d'envie d'avoir des photos qui manquaient à ma collection.»

Le prévenu a confié au tribunal que, le jour où la police de Lyngby, près de Copenhague, a perquisitionné son domicile, il était «content de sa venue, car sinon j'aurais continué à être dépendant de ce penchant maladif».

Suspendu depuis près d'un an, le juge avait été laissé en liberté. Il risque une peine de deux ans d'emprisonnement.

Le 29 novembre, il a été condamné à cinq mois de prison dont deux ferme. Il devra suivre une psychothérapie appropriée pendant les trois mois du sursis. Un tribunal spécial devra décider de son éventuelle exclusion de l'ordre des magistrats.

Le 14 mars 2005, Jørgen Als Andersen a été révoqué de ses fonctions avec effet immédiat.

Un tueur en série condamné à perpétuité voit ses aveux vendus en DVD par son père

Par un communiqué de presse, les autorités du Comté d'Arapahoe, proche de Denver dans le Colorado, font un appel à témoins pour les aider à identifier les restes d'une femme trouvée enterrée dans l'arrière-cour d'un homme qui a récemment avoué six meurtres.

Richard Paul White, 30 ans, est arrêté le 11 septembre 2003 pour le meurtre quatre jours plus tôt de son ami et collègue de travail, Jason Reichardt, 27 ans, découvert tué d'une balle dans la tête à son domicile d'Aurora. White, sans emploi et dormant dans sa voiture, est recueilli par Reichardt qui lui obtient un travail chez son employeur. Quelques jours avant le crime, Richard White abandonne son poste sans avertir quiconque et il cherche à dérober le véhicule de Reichardt lorsque celui-ci le surprend. Le meurtrier téléphone à sa sœur qui vient le rejoindre et il lui apprend qu'il a fait « une connerie » ; pendant les heures qui suivent, White fait preuve d'une nervosité extrême et dégaine son arme dès qu'une voiture les croise. Il indique qu'il voulait utiliser le véhicule de son ami pour une expédition punitive contre des dealers qui l'ont escroqué.

Lorsqu'il est interpellé par les policiers d'Aurora, White avoue rapidement qu'il a tué cinq prostituées par strangulation et dont les corps ont été enterrés un peu partout dans le Colorado. Après ces aveux, les enquêteurs ont découvert les restes de deux victimes dans le jardin de White au 2885 Albion Street, à Denver ; seule Annaletia Maria Gonzales, 27 ans, originaire de Denver a pu être identifiée grâce à son ADN. Elles ont probablement été enterrées en octobre 2001.

D'autres fouilles vont être entreprises dans les comtés d'Otero et de Costilla.

Depuis les aveux du tueur, plusieurs prostituées ont témoigné pour raconter des agressions dont elles ont été victimes de la part de Richard White. En 2000, Tracy est à son emplacement favori, au croisement de Columbine Street et East

Colfax Avenue, lorsqu'un conducteur gare son pick-up pour la faire monter à bord. Il est environ midi et Tracy remarque que les mains de White tremblent, ses cheveux sont sales et décoiffés, tandis que ses yeux donnent l'impression qu'il est sous l'influence d'acide. « Il était complètement parano. Il regardait de gauche et de droite, pour voir si quelqu'un nous observait. Peut-être savait-il qu'il allait me faire du mal. On s'est mis d'accord pour un tarif de 40 $, mais, quand je lui ai demandé le fric, il a hurlé qu'il fallait d'abord aller ailleurs. Il m'a dit : ‹ On va faire ça bien. Rapproche-toi, comme si t'étais ma petite amie. › Il s'est garé sur un parking, à l'arrière d'un immeuble. Il a fait semblant de chercher du fric dans son portefeuille, mais c'était un pic à glace. D'une main, il m'a pris par les cheveux pour me forcer à lui faire une pipe et de l'autre il pressait la pointe sur ma nuque. Il a commencé à crier des injures sur les prostituées de Colfax : ‹ Vous êtes toutes des salopes. Vous voulez piquer du pognon sans rien foutre ! › Je me suis débattue et il a commencé à me labourer les bras et les jambes à coups de pic à glace. J'ai cru que j'allais y passer. Puis White a dû voir quelqu'un car il a démarré à toute vitesse et j'en ai profité pour ouvrir la portière et filer à fond de train. A l'époque, je n'ai pas porté plainte, parce que les flics me recherchaient pour prostitution aggravée. »

Le 29 novembre 2004, Richard Paul White est condamné à deux peines de prison à perpétuité pour le meurtre de deux de ses victimes.

Depuis sa condamnation, son père Randolph « Duke » White vend un DVD contenant les confessions des crimes de son fils. Questionné par les médias, « Duke » indique que le profit des ventes sera versé aux victimes de son fils.

Décembre

8 décembre

Un routard du crime allemand, pédophile, fait appel de sa condamnation à perpétuité

Entre le viol et le meurtre de Levke Strassheim et l'arrestation de son meurtrier, 31 semaines se sont écoulées. La fillette était âgée de 8 ans au moment de sa mort, Marc Hoffmann, père de deux petites filles, avait 31 ans lors de sa mise en examen. Et Felix Wille, disparu le 30 octobre 2004 et dont le corps a été retrouvé le 7 janvier 2005 sur les indications de son assassin, avait également 8 ans.

Levke Strassheim

Le 23 août, la police allemande a pensé avoir trouvé le cadavre, presque réduit à l'état de squelette, de la petite Levke qui avait disparu le 6 mai alors qu'elle rentrait de l'école, à Cuxhaven non loin de la Mer du Nord. Ses restes ont été retrouvés par un cueilleur de champignons près d'Attendorn, dans une forêt du Sauerland, près de Cologne et à plus de 400 km de Cuxhaven. Les animaux avaient éparpillé les ossements.

Lina est-elle aussi une victime de Marc Hoffmann ?

Avant même d'avoir la confirmation de l'identité de la victime, grâce aux analyses ADN, les enquêteurs étaient à peu près convaincus qu'il s'agissait de la dépouille de la fillette : la découverte de vêtements, des affaires de sport et d'école sur un parking situé à 20 km de son domicile le lendemain de sa disparition, d'une part, et la découverte d'un sous-vêtement et d'un pantalon correspondant à ceux qu'elle portait le jour de sa disparition et sur lesquels on a récupéré des cheveux blonds, d'autre part, en témoignaient de façon quasi certaine.

Dans cette affaire qui remontait à près de quatre mois, la police avait reçu l'aide massive de la population : plus de 2000 témoignages. Certaines personnes avaient remarqué une voiture immatriculée dans le nord de l'Allemagne près du lieu où le corps a été retrouvé.

Dix jours après la découverte, les analyses ADN ont confirmé l'identité du corps. Levke n'a pas été violée ni tuée à l'endroit où on l'a découverte.

La police, qui a mis 70 hommes sur l'affaire, a collecté des branches d'arbres sur une superficie de 100 m², à l'endroit de la découverte du cadavre, dans l'espoir d'y retrouver des fibres ou des cheveux ayant appartenu à l'assassin. Mais les résultats de ces analyses ne seraient pas connus avant plusieurs mois.

Le 8 décembre, grâce à la diffusion d'un portrait-robot depuis le 24 novembre et à des informations importantes fournies par la population (notamment un ancien collègue de travail du suspect), Marc Hoffmann était arrêté. Il avait des antécédents judiciaires : en 1994, il avait été condamné à deux ans de réclusion avec sursis pour tentative de viol sur une auto-stoppeuse. En 2000, il avait récidivé – en tentant de violer une handicapée mentale de 17 ans qu'il avait forcée à monter dans sa voiture et qu'il avait ligotée – mais il avait bénéficié d'un non-lieu.

Marc Hoffmann

Ce chauffagiste au chômage vivait seul avec sa fille aînée, âgée de 10 ans, sa benjamine (2 ans) vivant avec son ex-femme qui l'avait quitté en raison de sa fréquentation assidue des sites pornographiques sur Internet et des prostituées.

Hoffmann est passé aux aveux. La victime et lui ne se connaissaient pas. Levke se rendait à l'école lorsqu'il l'a abordée et contrainte à monter dans sa voiture. Il a été mis en examen pour viol aggravé et meurtre. Mais Hoffmann a également avoué avoir tué Felix Wille, qui avait disparu le 30 octobre entre son domicile, à Neu Ebersdorf, et celui d'un ami à Hipsted chez qui il était parti jouer. Les recherches intensives de la police et de nombreux appels à témoins n'avaient pas permis de retrouver l'enfant.

Son corps a finalement été découvert le 7 janvier 2005 sous un pont surplombant la rivière Geeste à Schiffdorf (région de Bremerhaven), à une vingtaine de kilomètres de l'endroit où il avait disparu. Il était enveloppé dans des couvertures, et avait été placé dans un sac-poubelle lesté de pierres ; il gisait à quatre mètres de profondeur dans la rivière. Hoffmann a raconté à son avocat qu'il avait «fait couler» le petit garçon, qui est vraisemblablement mort étouffé.

La police a craint que l'homme ait commis d'autres meurtres; elle a donc choisi – fait rare en Allemagne – de rendre publique son identité. «Nous avons un besoin urgent d'informations sur les différentes résidences de Marc Hoffmann depuis qu'il a obtenu son permis de conduire, à l'âge de 18 ans», a expliqué le responsable de l'enquête sur Levke. «Avec deux enfants en six mois, notre travail a pris une nouvelle dimension. Nous allons y inclure désormais des cas de disparition et de meurtres de petits garçons». De meurtrier pédophile d'une fillette, Hoffmann était devenu un «routard du crime» potentiel attiré par les enfants des deux sexes. En décembre, il s'est confié – ou vanté ? – auprès d'un codétenu auquel il a raconté qu'il avait tué six autres personnes un peu partout en Allemagne, à savoir deux enfants, deux jeunes autostoppeuses et deux femmes âgées (dont une retraitée de 86 ans, disparue en 1994 et qui habitait le village voisin de celui où vivait alors Hoffmann). Les enquêteurs ont pris ces «confidences» très au sérieux, ils se sont attachés à retracer de très près son parcours dans tout le pays depuis 1992, date de l'obtention de son permis de conduire; ils se sont même demandé s'il n'était pas le pédophile connu sous le surnom de «l'homme au masque noir». Mais aucun des autres meurtres présumés n'a pu être prouvé, aucune des disparitions inquiétantes n'a pu à ce jour lui être imputée.

Le procès de celui que la presse surnommait parfois «Le Monstre de Bremerhaven» s'est ouvert le 9 mai 2005 dans la ville de Stade, en Basse-Saxe; il devait répondre des meurtres de Levke et de Felix. Une expertise psychiatrique l'avait reconnu totalement responsable de ses actes.

Le 29 juin, Marc Hoffmann a été condamné à la réclusion à perpétuité, sans possibilité de libération conditionnelle au bout de quinze ans en raison de la gravité des faits qui lui étaient reprochés. Il a été conduit à la maison d'arrêt de haute sécurité d'Oldenburg.

Dans les jours qui ont suivi la condamnation, les deux avocats de la défense ont annoncé que l'accusé voulait se pourvoir en appel. Cette demande devait toutefois d'abord être justifiée puis transmise à la Cour fédérale de Justice. La décision finale était attendue à l'automne 2005.

12 décembre

Suicide inspiré par Sherlock Holmes pour un expert de Conan Doyle

Un des plus grands experts britanniques de Sherlock Holmes pourrait avoir arrangé son suicide pour faire accuser un rival, dans un complot inspiré par une nouvelle de Conan Doyle. C'est ce qu'ont suggéré des amis du défunt cités par le *Sunday Times* du 12 décembre 2004.

La justice a reconnu en avril 2004 n'avoir pas pu conclure si le décès «très inhabituel» de Richard Lancelyn Green, auteur d'un livre sur Sir Arthur Conan Doyle et ancien président de la *Sherlock Holmes Society* de Londres, était un meurtre ou un suicide. Mais les amis de Lancelyn Green pensent que l'expert a déguisé son suicide en meurtre, en s'inspirant d'une nouvelle de Conan Doyle, «Le Problème du pont de Thor», dans laquelle l'épouse d'un magnat organise son suicide pour faire croire à un meurtre, dont sa gouvernante est accusée.

Richard Lancelyn Green

Richard Lancelyn Green, 50 ans, avait été très affecté d'apprendre que des archives de Conan Doyle, qu'il avait passé 20 ans de sa vie à chercher, allaient être vendues par lots aux enchères par Christie's, et donc dispersées.

Il aurait organisé son suicide de manière à attirer les soupçons sur un universitaire américain auquel il reprochait d'avoir divisé les archives, supputent aujourd'hui ses amis.

A l'époque il avait confié à un journaliste que «quelque chose risquait de lui arriver», il avait assuré le 26 mars à un ami que «quelqu'un conspirait contre lui» et remplacé sur son répondeur son message habituel par un autre, enregistré avec une voix américaine.

Il avait été découvert peu après étranglé sur son lit, entouré d'animaux en peluche et d'une bouteille de gin, à son domicile de South Kensington, dans l'ouest de Londres.

17 décembre

Un nouveau procès pour la femme meurtrière de ses cinq enfants?

Il y aura peut-être un nouveau procès pour Andrea Pia Yates, la mère de famille qui a noyé ses cinq enfants dans la baignoire de sa maison de Clear Lake au Texas. Un vice de procédure lors du témoignage du psychiatre et consultant du FBI Park Dietz devrait permettre à la défense de remettre en cause le premier verdict. Par ailleurs, le 17 décembre 2004, le procureur a indiqué qu'Andrea Yates avait été jugé pour l'assassinat de trois de ses cinq enfants et qu'il pouvait décider de la poursuivre pour les deux crimes restants.

Cette mère de famille purge, depuis sa condamnation en 2002, une peine de réclusion à perpétuité dans une unité psychiatrique de la prison de Rusk. Au moment des meurtres de Noah, 7 ans, John et Paul, 5 ans, Luke, 2 ans, et Mary, 6 mois, qui se déroulent le 20 juin 2001, Andrea Yates raconte que Satan avait pris possession d'elle: «J'avais l'impression qu'il était en moi pour me donner des ordres», explique-t-elle lors d'entretiens filmés avec le docteur Park Dietz. Selon elle, ses enfants régressaient dans tous les domaines, y compris moralement, «les tuer était la seule solution».

Dans ses déclarations, elle affirme y avoir pensé tous les jours dans le mois qui précède son passage à l'acte. Quatre des enfants ont été découverts allongés sur un lit, tandis que le cinquième se trouvait encore dans la baignoire. «Après les avoir tués, je savais qu'ils iraient au ciel, qu'ils seraient avec Dieu et en toute sécurité.»

Au début de son incarcération, Andrea Yates a semblé s'intégrer aux activités de l'établissement où elle s'occupe du jardin, tout en se liant d'amitié avec les autres détenus. Elle est hantée par son geste, au point d'imaginer que ses enfants se trouvent encore au purgatoire et que seul son propre décès pourra leur permettre d'accéder au paradis. Mais depuis le début du mois de septembre 2003, son état mental s'est aggravé. Elle est enfermée seule avec une surveillance permanente, par crainte d'un suicide. Les médecins la maintiennent sous forte médication, car elle refuse de s'alimenter et reste allongée, le regard fixe. Son mari, Russell Yates, qui lui a rendu visite le samedi 11 octobre 2003, a déclaré à la presse: «On lui a enlevé tout ce qu'elle possède, y compris ses lunettes et elle est confinée dans sa cellule 23 heures sur 24. Elle n'a plus rien, pas de visites à part moi et plus de courrier non plus. Son environnement actuel ne lui permet pas de récupérer.»

Quelques mois avant le meurtre de ses enfants, Andrea Yates souffrait d'une forte dépression à la suite de la naissance de sa dernière enfant, Mary. Plusieurs psychiatres spécialisés dans l'étude des mères qui tuent leurs enfants affirment que le taux de suicide de ces femmes dépasse les 50 %.

19 décembre

L'Eglise catholique cautionne la libération d'un tueur en série équatorien de six femmes qui a récidivé en Espagne

En Equateur, Gilberto Chamba a été surnommé le «Monstre de Machala». Ce tueur et violeur en série a été condamné à 16 ans de prison en 1993 pour l'assassinat par strangulation de six femmes.

La police est convaincue que Chamba a récidivé dans la ville de Lerida, située au nord-est de l'Espagne. Un homme portant le même nom et ressemblant à Chamba a été arrêté il y a dix jours après que ses empreintes eurent été retrouvées sur un tissu ayant servi à étrangler une étudiante de 21 ans, Maria Isabel Bascunana. La victime a été découverte dans le coffre de son propre véhicule où figurent aussi les empreintes de Chamba.

Le 19 décembre 2004, Interpol a confirmé l'identification formelle du serial killer responsable de nombreuses agressions à l'encontre de jeunes femmes dans la petite ville de Machala entre 1988 et 1993.

Chamba, âgé de 43 ans, est sorti de prison en 2000 grâce à un pardon accordé par les autorités catholiques du pays pour célébrer l'année du Jubilé. Il est l'un des 250 détenus à en avoir bénéficié.

En vertu de cette grâce, Chamba a obtenu un passeport, accompagné d'un certificat de «bonne conduite» signé par les autorités judiciaires en juin 2003, signifiant ainsi aux services de l'immigration qu'il ne possède pas de casier judiciaire. En conséquence, l'Espagne lui a octroyé un permis de séjour et de travail.

En octobre 2004, il obtient un poste de gardien d'un parking situé près de l'Université de Lerida. La victime y fut l'objet d'un harcèlement de la part de Chamba dont elle s'est plaint à plusieurs reprises auprès des membres de sa famille.

Suite à la disparition de la jeune femme, Chamba, un ex-militaire et chauffeur de taxi, qui est marié et vivait avec sa famille en Espagne, a été questionné parmi des dizaines d'autres suspects. Il a été arrêté grâce à l'identification de ses empreintes digitales.

Lors des interrogatoires, Chamba a nié les faits. Le lien avec le «Monstre de Machala» s'est fait par le plus grand des hasards. Un journaliste équatorien, en visite en Espagne, a reconnu le nom et la photo du tueur en série dans la presse espagnole. Il a ensuite prévenu les policiers.

Apparemment, Chamba fait preuve de la même passivité qu'en Equateur face au juge d'instruction espagnol. Authentique psychopathe, il nie l'évidence. Lors d'une conférence de presse en 1993, juste avant son procès, Chamba confesse publiquement ses crimes :

« Je les ai violées une fois mortes, pour ma satisfaction personnelle. Je suis coupable et j'ai agi seul. »

La police espagnole tente à présent de retracer le cheminement de Chamba lors de ces quatre dernières années.

22 décembre

Libération de « l'assassin de la Spartakiade », un violeur et tueur en série tchèque de 8 femmes

Jiri Straka avait 16 ans, en 1985. C'était l'année de la Spartakiade, la grande fête gymnique tchécoslovaque, du temps du régime communiste. C'est au printemps de cette année que l'adolescent a commis ses atroces crimes. En 68 jours, ou plutôt nuits, il a agressé huit femmes, pour les dévaliser au début, ensuite les violer et, à la fin, en assassiner trois. Pendant l'instruction et le procès, les experts ont démontré qu'il s'agissait d'un sadique ne pouvant être guéri. Il fut condamné à 10 années de réclusion criminelle seulement car il était mineur au moment des faits.

Jiri Straka

Après neuf années de prison et dix autres années passées dans un hôpital psychiatrique, la cour d'Ostrava a décidé le 22 décembre de sa remise en liberté, sur la recommandation des médecins. Le verdict a suscité une grande attention de la part des médias, mais surtout des familles des victimes, des experts en psychiatrie et des policiers qui ont mené l'enquête. Certains médecins affirment que Jiri Straka est guéri, qu'il a subi une castration et un traitement des-

Jiri Straka

tiné à freiner ses pulsions sexuelles. Pour eux, il est inutile qu'il reste enfermé dans un établissement. Libre, il continuera à être suivi par les services psychiatriques. Petr Weiss, sexologue et psychologue renommé, affirme qu'il y a très peu de chance qu'il renouvelle ses actes: «D'après les dernières études, il apparaît que seulement 17 % des déviants sexuels récidivent. J'insiste sur le fait que parmi les déviants qui ont subi un traitement et une castration, il n'y a jamais eu de récidive.»

Jiri Straka pense s'établir chez ses parents, dans la région de Jeseniky, où ils ont déménagé après l'affaire de leur fils. Les habitants de la commune de Velke Losiny, où ils habitent, déclarent avoir peur de vivre dans le voisinage de «l'assassin de la Spartakiade», même si les experts affirment qu'il est guéri. Pour le policier Jiri Markovic, qui a arrêté Jiri Straka, les maniaques sexuels de son genre, même après avoir été castrés, peuvent récidiver. Lui-même se souvient de deux cas, dans les années soixante-dix. Pour les proches des victimes, «l'assassin de la Spartakiade devait rester toute sa vie derrière les barreaux».

24 décembre

Bible John, *célèbre tueur en série britannique, sur le point d'être identifié au bout de 36 ans d'enquête*

Le 24 décembre, plusieurs quotidiens écossais annoncent qu'une identification par l'ADN dans l'enquête menée depuis 36 ans à la recherche du célèbre *Bible John* pourrait être la conséquence d'un délit mineur commis à Glasgow en 2003. Les policiers se refusent pour le moment à commenter la nature de ce «délit mineur».

D'après ces mêmes sources policières, les soupçons pesant sur le tueur en série qui s'attaquait à des jeunes filles fréquentant le dancing de Barrowlands, dans le quartier est de Glasgow dans les années 60, portent sur les membres d'une même famille.

Les échantillons d'ADN ont été prélevés sur la scène d'un délit mineur perpétré à Glasgow durant l'année 2003. Cet ADN correspond à 80 % à celui recueilli sur une des trois victimes de *Bible John*.

Pour les spécialistes de la police scientifique, ce résultat prouve de manière certaine que l'auteur de ce «délit mineur» appartient à la même famille que le serial killer qui aurait été décrit comme un jeune homme de 20 à 30 ans, aux cheveux roux, aimant à citer un passage particulier de la Bible. Cette citation de la Bible est un élément clef que les policiers ont toujours refusé de dévoiler.

Patricia Docker, 25 ans, Jemmina McDonald, 32 ans, et Helen Puttock, 29 ans, ont toutes été étranglées avec un bas nylon sur une période de 20 mois entre 1968 et 1969 après avoir fréquenté le dancing de Barrowlands. Les corps ont été retrouvés nus ou partiellement dénudés. L'échantillon d'ADN qui a permis d'effectuer le lien avec cette famille a été prélevé sur une paire de bas appartenant à Helen Puttock.

Portrait robot de Bible John

Une source policière proche de l'enquête a déclaré à un journaliste du *Sunday Mail:* «Nous réexaminons ce délit mineur afin de focaliser les investigations sur un seul arbre généalogique. Il pourrait s'agir de frères, de pères, de grands-pères ou d'arrière grands-pères. Nous serons peut-être obligé d'exhumer un ou plusieurs corps de cette famille, mais nous préférons attendre pour éviter les précédentes erreurs de l'enquête sur *Bible John.*»

En 1996 déjà, le cadavre de John McInnes, un ex-militaire des *Scots Guard,* a été déterré dans un cimetière de Stonehouse, Lanarkshire, pour effectuer une comparaison ADN qui s'est révélée négative.

L'inspecteur David Swindle a reconnu «qu'un peu moins d'une dizaine d'hommes considérés comme des suspects à l'époque ont fait l'objet de prélèvements ADN ces dernières semaines». Parmi eux, un père de famille de 58 ans qui est proche parent d'une rock star britannique. Les enquêteurs travaillent en collaboration avec des profilers.

26 décembre

Le cannibale d'Andhra Pradesh kidnappe et étrangle une fillette de 2 ans pour la rôtir

Vasantha, une enfant de 2 ans, dort auprès de sa mère Sheshamma, 26 ans, dans une hutte du village de Punjalurupadu, dans l'Etat d'Andhra Pradesh (Inde). Lorsque Sheshamma s'éveille au matin du 16 décembre, sa fille a disparu. Pendant deux jours, Sheshamma et son mari Mallikarjuna fouillent les environs sans le moindre succès. Une plainte est déposée auprès du poste de police. Les enquêteurs pensent que l'enfant a peut-être été emportée par un groupe de cinq hyènes qui a attaqué plusieurs des animaux du village pendant la semaine.

Mais des habitants du village voisin de Tirumalamma Palyam racontent à l'inspecteur Prasada Rao une étrange scène dont ils ont été les témoins : « Un homme à moitié sauvage et à la chevelure hirsute mangeait la chair crue d'un buffle avec un appétit féroce. Ils l'ont capturé et observé pendant deux jours, puis ils l'ont emmené au commissariat. Il ne parle pas du tout et se contente de pousser des grognements. C'est un psychopathe. Il est vraiment sauvage. Il ne mange que de la viande et quand on lui propose du riz et du dal, il les jette. »

Après avoir entendu ce récit, Sheshamma et Mallikarjuna décident de se rendre sur place pour découvrir le repaire de l'homme sauvage. Leurs pires craintes se trouvent confirmées lorsqu'ils trouvent les vêtements de leur fille. Sheshamma s'évanouit en voyant de minuscules ossements humains, des membres à moitié dévorés et un morceau de la tête un peu plus loin.

L'inspecteur Rao questionne l'homme sauvage à plusieurs reprises et celui-ci lui répond en mimant des gestes : « Il m'a montré comment il a étranglé la fillette, allumé un feu pour en rôtir le corps. Comme il ne se nourrit que de viande, on peut supposer que ce n'est pas la première fois qu'il mange de la chair humaine. Il y a eu plusieurs disparitions mystérieuses dans la région et il va nous falloir du temps pour les élucider. Parfois, l'homme devient fou et il est nécessaire de le garder enchaîné. »

Le 26 décembre, une foule immense, qui vient de tous les coins de la région, se presse devant le commissariat pour tenter d'apercevoir le cannibale d'Andhra Pradesh.

29 décembre

Les anges de la mort : autopsie d'un phénomène

Le Ministère public du canton de Lucerne requiert 17 ans de réclusion contre l'« ange de la mort lucernois ». Cet infirmier de 35 ans qui a agi à 27 reprises a tué 24 patients dans des hôpitaux de Suisse centrale. Les victimes sont 23 femmes et 4 hommes âgés de 66 à 95 ans. Il les a tués soit en leur administrant des calmants, soit en les étouffant à l'aide d'un sac en plastique ou d'un linge. Dans trois cas, le lien entre l'intervention de l'infirmier et le décès n'a pas pu être déterminé avec certitude.

L'infirmier a affirmé avoir agi par pitié, compassion, empathie et pour soulager les personnes concernées. Il a toutefois évoqué parallèlement un surmenage personnel et la lourde charge supportée par l'équipe soignante. Une expertise psychiatrique a montré que l'auteur est capable de discernement.

Cet événement en Suisse et la mise en examen le 29 décembre d'un infirmier du New Jersey, Charles Cullen, qui a reconnu avoir tué entre 30 et 40 patients ont mis en lumière le phénomène de ces médecins, tels le docteur Harold Shipman, ou de ces infirmier(e)s qui assassinent aussi en série.

« Vous voulez savoir pourquoi j'ai fait toutes ces injections à ces malades ? Le service des urgences était constamment débordé et je n'ai jamais eu l'impression d'être à la hauteur. Il fallait que je fasse mes preuves, à la fois vis-à-vis des autres membres de l'équipe médicale et pour retrouver une certaine estime à mes propres yeux. Je savais ce que je faisais, c'était tout à fait délibéré. En agissant ainsi, les patients avaient immanquablement des problèmes respiratoires qui nécessitaient une intervention. Je voulais prouver ma valeur aux autres, devenir un héros à leurs yeux. Certains de ces malades étaient en phase terminale, ils auraient peut-être survécu quelques jours de plus mais ils étaient condamnés de toute façon. Vous croyez que j'ai voulu jouer à Dieu, et vous aurez tout à fait raison : c'est l'exacte vérité. »

Ainsi s'exprime l'infirmier Richard Angelo, surnommé « L'Ange de la mort », qui travaille au service de nuit d'un hôpital de West Islip, dans le Long Island, où il tue 25 patients en 1987 par injection de Pavulon, un relaxant musculaire. Personnalité médiocre, issu d'une famille nombreuse, très pratiquant d'un point de vue religieux, Angelo n'a jamais digéré l'échec de ses études médicales. Au lieu d'être un médecin adulé de tous, il reste cantonné dans un poste d'aide-médical. Sans amis proches, il cherche à tout prix à attirer l'attention : pompier volontaire ou voisin attentionné qui tond gracieusement les pelouses, il rêve de devenir un héros qui intervient pour sauver ses victimes à la dernière minute. Mais l'autre visage de sa personnalité est bien plus sinistre, c'est celui d'un monstre froid, car Richard Angelo assiste à l'agonie de ses victimes graba-

Genene Jones Turk

taires, dont il savoure les derniers instants. Lors de son procès, il n'a pas eu le moindre remords pour ses victimes. Il incarne le profil type de ces «anges de la mort» qui opèrent en milieu hospitalier.

Malheureusement, dans de nombreux cas, ces serial killers en gants blancs bénéficient de la complicité plus ou moins volontaire de leur direction qui sait ce qui se passe (ou qu'il existe un problème grave), mais nie toute malveillance par crainte du qu'en dira-t-on. Les administrateurs optent pour une solution à l'amiable, voire un renvoi en douceur, allant même jusqu'à fournir une lettre de recommandation, ce qui est un comble.

On en a un exemple frappant avec cette infirmière d'un service de pédiatrie du Texas, Genene Jones Turk, condamnée pour un crime et suspectée de plusieurs douzaines d'autres. Coupable de nombreuses infractions disciplinaires à l'hôpital Bexar de San Antonio, qui vont d'erreurs de dosage de médicaments à des états d'ivresse en service de garde, Genene Jones est protégée par son supérieur. A partir de 1980, plusieurs collègues indiquent qu'ils la suspectent d'assassiner des bébés par injection: on leur ordonne de garder le silence. L'administration de l'hôpital lui conseille de démissionner, ce qu'elle fait en avril 1982, en échange d'une lettre de recommandation qui mentionne que Genene Jones Turk est «un atout pour l'hôpital de Bexar County». Lors de son arrestation quelques mois plus tard, ses anciens employeurs se déclarent «choqués et stupéfaits». Moins d'un mois après sa condamnation en février 1984, la direction de l'hôpital de Bexar ordonne la destruction de plus de quatre tonnes d'archives pharmaceutiques qui empêche toute enquête administrative des autorités judiciaires de San Antonio. La France n'est pas non plus à l'abri de ce silence administratif des autorités hospitalières, avec la récente mise en examen d'un infirmier d'une quarantaine d'années au CHU de Nantes qui a abusé de plusieurs femmes en état de réanimation, alors que trois plaintes avaient été déposées depuis sa dernière agression de novembre 1997. Il a fallu toute la persévérance d'une victime pour qu'un juge d'instruction soit enfin saisi.

L'avis d'un expert

L'Agent Spécial Gregg McCrary a travaillé pour le Centre d'Analyse des Crimes Violents, à Quantico, dans l'Etat de Virginie. Il a été un des vétérans de cette unité d'élite du FBI chargée de dresser des profils psychologiques de serial killers, tels qu'on les voit à l'œuvre dans le film «Le Silence des agneaux».

Agé de 57 ans, McCrary a passé près de la moitié de son existence au sein du FBI et étudié plusieurs cas d'infirmiers (ou infirmières) et médecins de la mort :

« Ils ou elles n'ont généralement pas de motif sexuel pour commettre leurs crimes, à l'inverse du profil type du serial killer. Ils assassinent de manière plus douce, moins visible, et utilisent pour cela du poison ou des médicaments.

L'Agent Spécial Gregg McCrary

« Leur sélection des victimes diffère aussi. Ces criminels ont plutôt tendance à choisir des personnes faibles ou vulnérables, comme des patients âgés ou en phase terminale, et aussi des enfants en bas âge pour ce qui concerne les tueuses. Mais, qu'ils soient hommes ou femmes, ces serial killers en milieu hospitalier partagent une même motivation, une jouissance, un besoin d'exprimer un pouvoir quasi divin de vie ou de mort. Ils (ou elles) ont envie de devenir l'égal de Dieu. Nous en avons un bon exemple avec Genene Jones, cette infirmière d'un hôpital de San Antonio, qui détient ce pouvoir de vie ou de mort dans son service pédiatrique, qui assassine de nombreux nouveaux-nés, mais qui en sauve également un grand nombre. Pour elle, la jouissance réside dans le contrôle absolu qu'elle exerce sur ses patients ainsi qu'un immense sentiment de supériorité. Une simple infirmière qui se montre plus intelligente que le médecin. C'est le moyen qu'elle a trouvé pour prendre sa revanche, exprimer sa supériorité et devenir célèbre.

« On peut se demander pourquoi tant d'infirmières tuent par rapport aux infirmiers, alors que les hommes assassinent beaucoup plus que les femmes ? Sur ce point, je ne peux qu'avancer une hypothèse : s'agit-il d'une négation de l'instinct maternel, d'une perversion pathologique qui pousse ces infirmières à créer un problème, puis à le résoudre ou à aller jusqu'au bout en tuant leur patient ? »

« La plupart de ces tueuses en série n'a pas d'enfant(s), mais il en est de même pour leurs confrères masculins. Elles n'ont pas de vie familiale stable, elles vivent généralement seules et, lorsqu'elles sont mariées, leur union bat de l'aile. En surface, elles donnent l'apparence du succès, mais elles sont très mal insérées dans la société. »

« Une des motivations que l'on retrouve chez ces infirmières de la mort est appelé le syndrome de Münchhausen par procuration. Les personnes atteintes sont des malades imaginaires qui cherchent à attirer l'attention sur leur sort. On dit qu'il est par procuration lorsqu'elles ont besoin que quelqu'un d'autre tombe malade, et ce sont elles qui organisent cette « maladie ». Ces femmes sont des grand-mères qui étouffent leurs petits-enfants, des mères qui empoisonnent leur progéniture ou des infirmières de la mort, telles que Jeanne Weber en France, Beverly Allitt en Grande-Bretagne ou Genene Jones et Terri Rachals, aux Etats-Unis.»

«Généralement, ce type de serial killers en milieu hospitalier est très difficile à détecter, de même que le nombre exact de leurs victimes. On peut penser qu'un grand nombre d'entre eux ont pu échapper aux mailles du filet.»

Principaux cas:

– Marie Jeanneret (Suisse). 6 victimes reconnues en 1866-67.
– Jean Raies (Suisse). 12 victimes reconnues en 1880-81.
– Jane Toppan (Etats-Unis). 31 victimes reconnues; entre 70 et 100 suspectées entre 1880 et 1901.
– Amy Archer-Gilligan (Etats-Unis). Entre 1907 et 1916, elle est reconnue coupable de 6 crimes et on la suspecte de 52 meurtres.
– Antoinette Scieri (France). Au moins 12 victimes entre 1922 et 1926.
– 17 victimes à l'hôpital de Mâcon entre 1944 et 1947. Affaire non élucidée.
– Donald Harvey. Né en 1952, cet infirmier modèle assassine 24 patients, la plupart des personnes âgées, dans deux hôpitaux de Cincinnati. Homosexuel et passionné d'occultisme, Donald Harvey, suite à sa condamnation pour les meurtres de Cincinnati, avoue 12 crimes supplémentaires commis à London, dans le Kentucky, en 1970 et 1971. Il est reconnu coupable pour 9 d'entre eux, le 7 septembre 1987.
  De retour en prison à Cincinnati, Harvey avoue 3 assassinats de plus en février 1988. Avec 39 victimes reconnues de manière officielle et des dizaines d'autres officieuses, Donald Harvey est le serial killer américain le plus prolifique, devant John Wayne Gacy, avant que Gary Ridgway ne le «détrône» avec ses 48 victimes.
– Cécile Bombeek (Belgique). 21 crimes reconnus entre 1976 et 1978.
– Arfinn Nesset (Norvège). 27 meurtres avoués entre 1977 et 1980. On le suspecte d'avoir assassiné 138 victimes.
– Anders Hansson (Suède). 23 victimes entre 1977 et 1979.
– Robert Diaz. En mars et avril 1981, cet infirmier de 42 ans assassine 12 patients de l'hôpital de Perris (Californie) en leur injectant de la Lidocaïne. En avril 1984, Diaz est condamné à mort après avoir avoué commettre ces crimes «pour le plaisir».
– Anthony Joyner. Ce jeune Noir, infirmier dans une maison de repos de Philadelphie, tue et viole 5 femmes âgées en 1983. Lors de son procès, il n'éprouve aucun remords et est condamné à la prison à perpétuité.
– Bobbie Sue Dudley Terrell. Myope, timide et obèse, Bobbie Terrell commet

des actes d'auto-mutilation, comme de s'enfoncer des ciseaux dans le vagin, à partir de 1983, à l'hôpital de Greenville, dans l'Illinois, où elle est employée comme infirmière. Licenciée à cause de problèmes mentaux, elle change d'air pour être engagée dans une maison de retraite de St. Petersburg, en Floride. Pendant une période de treize jours, en 1984, 12 personnes confiées à la charge de Bobby Terrell décèdent dans des circonstances suspectes, dont 5 la même nuit. En février 1988, elle est condamnée à 65 années de prison.

- Waltraud Wagner et ses trois complices infirmières, Irene Leidolf, Stephanija Mayer et Maria Gruber, sont condamnées pour avoir assassiné 42 malades d'un hôpital de Linz, en Autriche, entre 1983 et 1989. On les suspecte de près de 300 meurtres.
- Randy Powers est renvoyé de plusieurs hôpitaux pour avoir fait des propositions sexuelles à plusieurs malades de sexe masculin, mais il réussit toujours à trouver du travail dans un nouvel établissement. Entre 1985 et 1987, les autorités le suspectent d'avoir tué plusieurs personnes âgées en leur injectant de la Lidocaïne dans deux hôpitaux différents. En 1989, Randy Powers change de nom et travaille à nouveau comme infirmier sous l'identité de Randy Kato. Aucune preuve n'a jamais pu être découverte à son encontre et le dossier n'est toujours pas clos à ce jour.
- Michaela Roder (Allemagne). 17 victimes reconnues entre 1985 et 1989.
- Terri Rachals. En 1986, cette infirmière de 24 ans est condamnée pour l'assassinat de 6 patients d'un hôpital de l'Etat de Georgie. Les autorités la suspectent d'une vingtaine d'autres morts.
- Jeffrey Feltner. Cet infirmier de 26 ans est accusé du meurtre de 7 personnes âgées dans deux maisons de repos de Gainesville (Floride) en 1988 et 1989. Feltner est condamné à dix-sept ans de prison pour deux de ces affaires, le 12 janvier 1990.
- Catherine May Wood – Gwendolyn Gail Graham. Le 29 novembre 1988, deux infirmières de l'hôpital Alpine Manor à Grand Rapids, dans le Michigan, sont arrêtées pour avoir étouffé 5 patientes dont elles ont la charge. Ces assassinats font partie d'un étrange pacte amoureux entre les deux femmes pour que les noms de leurs victimes commencent par les lettres du mot M-U-R-D-E-R.
- Beverley Allitt, infirmière anglaise de 23 ans tue 4 bébés et commet 9 autres tentatives de meurtre en 1991. En 1993, elle est condamnée à 13 peines de prison à perpétuité.
- le docteur Harold Frederick Shipman de Manchester qui aurait tué plus de 230 malades.

SOURCES:

AFP;
Ananova;
Aftonbladet;
Algemeen Dagblad;
AP; BBC News;
Berlingske Tidende;
bt.dk/krimi;
China Daily News;
CNN;
Dagens Nyheter;
De Telegraaf;
de.today.reuters.com;
De Volkskrant;
Der Spiegel;
Die Welt;
3.e110.de;
express.de;
expressen.se;
Frankfurter Allgemeine Zeitung;
Frankfurter Rundschau;
Fuldainfo;
3.hna.de;
Interfax;
kriminalportal.de;
La Dernière Heure;
La Libre Belgique;
La Nacion;
Le Soir;
Manchester Online;
mz-web.de;
n24.de;
news.de;
RTL.be;
Stern;
Süddeutsche Zeitung;
Svenska Dagbladet;
The Advocate;
The Cape Times;
The China Morning Post;
The Daily Mercury;
The Daily News;
The Daily Times;
The Evansville Courier and Press;
The Evening Standard;
The Great Falls Tribune;
The Gulf News;
The Herald Sun;
The Independent;
The Korea Times;
The Los Angeles Times;
The Malaysian Times;
The Manchester Guardian;
The New-York Daily News;
The Seattle Times.

Les crimes cannibales

Etienne Jallieu

ISBN 2-940349-02-9

L'Allemagne a, pour sa part, une longue liste de tueurs cannibales. Chaque criminel ajoute sa part d'horreur, l'un tue et mange des enfants, l'autre tue des femmes ou des hommes et déguste de la chair humaine. Le Cannibale de Rotenburg mange avec sa victime consentante le sexe de cette dernière après l'avoir fait cuire dans une poêle. Il le tue, le découpe et congèle des petits paquets de chair bien étiquetés, à consommer plus tard. Il invite des amis à dîner…
Vous trouverez dans ce livre d'autres cas terrifiants qui vous sont rapportés comme celui du tueur cannibale et nécrophile sud-africain Stewart Wilken et l'Ogre du Montana, ils avaient tous les deux une chose en commun, ils aimaient tellement les enfants…

Les légistes enquêtent

Hans Pfeiffer

ISBN 2-940349-00-2

Cette partie de la science est l'une des moins connues du grand public. Toutes les disciplines en font partie. Aujourd'hui la génétique permet de reprendre et d'élucider des cas qui depuis des années restaient non résolus et même d'innocenter de faux coupables. Aux Etats-Unis des prisonniers condamnés à mort ont été blanchis et les responsables enfermés.
L'histoire des trois os nous rapporte comment un médecin légiste du début du XXe siècle a résolu un meurtre à partir de trois fragments d'os.
Le poison souvent em-ployé car indécelable, ne l'est plus actuellement grâce aux nouvelles techniques d'analyse. En fait les légistes font raconter aux corps leur dernière histoire afin de ne pas laisser leur mort impunie.

Ces femmes qui tuent sauvagement

Mike James

Qu'est-ce qui pousse des femmes à commettre des crimes d'une cruauté inimaginable ?
Ce livre relate des faits réels, étudiant les motifs et les causes qui en font des tueuses sauvages.
Lors de son voyage de noces, l'une d'elle tue, découpe et grille au barbecue les côtes de son mari, qu'elle déguste.
« C'était comme au restaurant », dira-t-elle aux enquêteurs.
Chaque récit que nous vous rapportons vous mène à la limite extrême du concevable.

ISBN 2-940349-03-7

Fans jusqu'à tuer

David Harvey

Des millions d'hommes et des femmes suivent, avec beaucoup d'intérêt, la vie des célébrités à travers les médias, mais certains avec une passion telle, qu'ils arrivent à s'imaginer avoir une relation réelle voir passionnelle avec l'une d'elles.
Des personnalités comme Spielberg, Brad Pitt, Madonna, Jody Foster ont été poursuivies par des harceleurs qui ont été contraints, par les tribunaux, de cesser d'importuner leurs victimes parfois avec l'aide de longues condamnations à la prison.
John Lennon et Gianni Versace ont payé de leur vie cette célébrité, cause d'envie, de jalousie et d'amour impossible.
Comment un fan se transforme-t-il en un meurtrier et en vient-il à tuer son idole ?

ISBN 2-940349-01-0

Les couples sanglants

Patrick Blackden

ISBN 2-940349-04-5

Le beau couple canadien Paul Bernardo et Karla Homolka semblait être l'image même de la réussite. Personne n'aurait pu imaginer qu'ils se droguaient, violaient et tuaient des jeunes femmes ensemble pour assouvir les besoins et phantasmes sexuels de Bernardo.
Que dire de Fred et Rose West qui ont commis dans leur maison à Gloucester en Angleterre des crimes innommables. Violant et tuant leurs propres enfants, ainsi qu'un grand nombre de jeunes filles pendant près de 20 ans.
Rien n'inspire plus d'horreur et de fascination que les couples qui, ensemble, tuent pour le plaisir. Obsédés par leur folie partagée, leur attraction est toujours fatale et leurs actions cauchemardesques.

Serial killers – Les nouveaux monstres

Etienne Jallieu

Une «veuve noire» qui empoisonne ses amants, un pédophile qui étrangle ses victimes, deux tueurs sadiques qui violent et torturent des auto-stoppeuses, une profileuse qui traque un serial killer meurtrier de dix-sept femmes, un «boucher fou» qui terrorise Cleveland poursuivi par Eliot Ness, le célèbre policier des «Incorruptibles»...
Tels sont ces «nouveaux monstres», ces tueurs en série popularisés par des films tels que Le *Silence des agneaux* ou *Seven* et dont les crimes sont ici retracés par «Etienne Jallieu», pseudonyme de Stéphane Bourgoin, le spécialiste français des serial killers.

ISBN 2-940349-05-3

Crimes de femmes

Jacqueline Sergent Cahen

Narration sous forme journalistique de faits divers réels dans lesquels les femmes sont des meurtrières dans le cadre de ce que l'on appelle des crimes passionnels. Les condamnations sont souvent beaucoup plus lourdes pour elles que pour de mêmes meurtres commis par des hommes.

Jacqueline Sergent Cahen relate les faits avec humanité mais laisse toutes les questions en suspens, à vous de voir...

ISBN 2-940349-06-1

Crimes sur Seine

Jean-Frédéric Tronche

Jean-Frédéric Tronche, journaliste chevronné, grand reporter pendant quinze ans pour le quotidien *France soir* a eu beaucoup de mal à choisir parmi les faits divers innombrables qui ont eu lieu dans la capitale, quelques-unes des «Histoires vraies» qui l'ont marqués. La cavale meurtière de Florence Rey et Audry Maupin qui ont causé la mort de nombreuses personnes. Guy Georges, violeur et tueur en série, surnomé «Le tueur de l'est parisien». H. B. «Human Bomb», cadre au chômage qui prend une classe d'école maternelle en otage pour mourir. Jean-Thierry Mathurin et Thierry Paulin, «Les tueurs de vieilles dames». On leur attibue plus de trente meurtres. Véronique et Sébastien, un remake sanglant du film d'Oliver Stone *Tueurs nés*.
Et il y a encore beaucoup à raconter...

ISBN 2-940349-08-8

Ogres, Vampires et Démons

Sarah K.

ISBN 2-940349-09-6

L'histoire rivalisant de cruauté avec la modernité pourrait être un constat rassurant. Oui, mais... Vous noterez, dans ce volume, la confirmation d'un adage très galvaudé: «La réalité dépasse la fiction.» Tous les criminologues en confirment la véracité. Et cela, ce n'est guère rassurant.

Certaines figures légendaires ont trouvé vie ailleurs que dans les contes. Par exemple, celle de l'Ogre qui tue les enfants pour les dévorer...

Une foule de héros légendaires vous feront frémir au fil des pages. Après Dracula, il est d'usage de citer Frankenstein. La célèbre créature, passant de l'autre côté du miroir littéraire, s'est faite, elle aussi, de chair et d'os dans la réalité...

Sex killers

Brian Marriner

ISBN 2-940349-10-X

A paraître en février 2006

La notion de «Sex Killers» se limite aux tueurs dont l'unique motivation est d'ordre sexuel.

Aujourd'hui le terme «Serial Killer» regroupe des criminels dont le moteur est souvent aussi sexuel. Cet ouvrage souligne les liens effrayants entre la violence et le sexe, il s'agit d'un livre qui raconte tout sur ces horribles meurtres qui sont, en fin de compte, une corruption de la pulsion sexuelle qui est normalement un espoir de vie.

Le crime et la mer

Philippe Remy

A paraître en mars 2006

La criminalité maritime est un sujet très particulier puisque régi par ses propres lois. Allant de la piraterie à l'escroquerie en passant par le terrorisme, la mutinerie. Ce thème englobe quasiment toute l'histoire maritime de l'humanité passée, présente et future...

Philippe Remy, écrivain belge de renom, a publié plusieurs ouvrages sur des personnages exceptionnels tels que le *Comte de Saint Germain* etc...

ISBN 2-940349-11-8

Meurtres à Hollywood

Hélène Merick

A paraître en avril 2006

Cet ouvrage relate des crimes qui ont été commis à Hollywood contre des célébrités du showbiz. Dans l'imaginaire des lecteurs les stars ne sont jamais confrontées aux horreurs de la vie. Cette impression est fausse et chaque page en est une confirmation. Le monde des «people» n'est pas celui que l'on pense.

Hélène Merrick est une spécialiste reconnue du cinéma, elle a collaboré aux plus prestigieuses revues du septième art.

ISBN 2-940349-13-4

Crimes sataniques

Steven Goldstein

A paraître en mai 2006

ISBN 2-940349-12-6

Le satanisme, une vue religieuse; Le satanisme, une approche politico-matérialiste; Les bêtes de Satan ou le Diable revisité en Italie; Meurtre dans la cathédrale de Santiago; Sacrifice humain à Athènes; Richard Ramirez, «le Fauve de la nuit» de Los Angeles; «Les éventreurs de Chicago»; Sean Sellers: J'ai fait tout ce que le diable m'a dit...; Le Meurtre de Balgach en Suisse; Hendrik Möbius, le meurtrier nazillon, Sataniste et son frère...; Madame et Monsieur Ruda vous invitent à passer votre dernière soirée...; Jodi Jones 14 ans, le Dahlia noir de la forêt écossaise; Après les Bêtes de Satan, en 1998, l'Italie n'en a pas terminé avec le Malin;...

Nos auteurs n'ont pas d'imagination, ils ne font que vous raconter des HISTOIRES VRAIES dans lesquelles, l'argent, le pouvoir, la perversion, la passion et la folie mènent des hommes et des femmes à commettre des actes irréversibles qui vous plongeront dans l'horreur et vous frissonnerez de terreur encore bien longtemps après la dernière ligne.

A paraître dans la même collection

Crimes et voyance
Tueurs d'enfants
Meurtres politiques
Voleurs et escrocs
Histoires belges